向死而生
浴血荣光

李明珠 宋玉文 杨忠新 严 芯 编著

济南出版社

图书在版编目（CIP）数据

向死而生，浴血荣光 / 李明珠等编著 . -- 济南：济南出版社，2025.3

（追光： 我们的榜样故事丛书 / 蔡静平，胡耀武主编）

ISBN 978-7-5488-6182-9

Ⅰ.①向… Ⅱ.①李… Ⅲ.①革命故事 – 作品集 – 中国 Ⅳ.① I247.81

中国国家版本馆 CIP 数据核字（2024）第 050883 号

向死而生，浴血荣光
XIANGSIERSHENG，YUXUERONGGUANG
李明珠　宋玉文　杨忠新　严　芯　编著

出 版 人	谢金岭
责任编辑	昝　阳　惠汝意
插画设计	李泽群
装帧设计	纪宪丰

出版发行　济南出版社
地　　址　山东省济南市二环南路 1 号（250002）
总 编 室　0531-86131715
印　　刷　济南鲁艺彩印有限公司
版　　次　2025 年 3 月第 1 版
印　　次　2025 年 3 月第 1 次印刷
开　　本　145mm×210mm 32 开
印　　张　6.75
字　　数　130 千字
书　　号　ISBN 978-7-5488-6182-9
定　　价　29.80 元

如有印装质量问题　请与出版社出版部联系调换
电话：0531-86131716

版权所有　盗版必究

写在前面的话

蔡静平　胡耀武

从古至今，教育不仅承担着传递知识的重任，更深刻地塑造着我们的品格，培育着我们坚韧不拔的奋斗精神，点燃我们内心深处的理想之光。而在教育的过程中，那些生动鲜活、感人至深的榜样故事给予我们力量，激励着我们勇往直前，追逐并实现自己的梦想。

现在，有一套充满智慧与力量的丛书正等待着你们。在这套书中，作者用生动细腻的笔触，记录了各时期、各行业中英模人物的先进事迹，传递了奋斗与拼搏的价值，彰显出奉献与牺牲的精神，展现了中华民族深厚的信仰、坚定的信念、不屈的血性和强大的力量。这不仅是写给青少年的一套书，更是一颗播撒在青少年心田的种子，期待着它生根发芽，绽放出绚烂的花朵。

我们常说，榜样的力量是无穷的。那些通过奋斗和牺牲实现自我超越的榜样人物，他们的精神如同璀璨的灯塔，永远照亮我们前行的道路。无论是在过去、现在还是未来，这些英雄人物与奋斗梦圆者的事迹，都是我

向死而生，浴血荣光

们宝贵的精神财富。从辛亥革命到解放战争，从新中国成立到新时代的建设，我们的祖国经历了无数的风雨，但正因有这些不屈不挠的奋斗者和牺牲者，我们的祖国才能从苦难中崛起，在挑战中成长，最终迎来今日的繁荣与昌盛。他们每个人的故事都闪耀着人性的光芒，他们的行动或许平凡，但精神却何其伟大！

书中奋斗圆梦故事的主角，既有过去时代的伟大人物，也有当代的杰出代表。矢志求道的华罗庚，筑梦航天的钱学森，追逐"禾下乘凉梦"的袁隆平，梦圆飞天的杨利伟……他们的奋斗经历虽然跨越了不同的时空，却蕴藏着相同的信念：梦想的实现从来都不是一蹴而就的，而是需要脚踏实地的努力，经历无数次的失败后依然选择勇敢地站起来继续前行，才能获得成功。这些模范人物的事迹和精神，正是青少年成长道路上需要的精神食粮。

书中的战斗英雄故事，更是令人震撼。"你退后，让我来！""为了新中国，冲啊！""同志们，活在马上，死在马上，马刀见血，为人民立功。"在生死存亡的紧要关头，这些英雄展现出了超凡的勇气和坚定的信念。为了民族的繁荣发展、人民的幸福安康，他们甘愿默默奉献，甚至不惜以生命为代价。英雄之所以伟大，不仅在于他们取得了显赫战果，更在于他们在关键时刻挺身而出，坚定地捍卫自己的信念与信仰。这些崇高品质，是青少年应当永远铭记于心、努力学习的宝贵精神财富。

对于青少年来说，这些故事不仅能增强他们的国家意识、责任意识，更能点燃他们心中那为理想而奋斗的激情之火。特别是在当前这个充满竞争与挑战的时代，青少年常常会感到困惑与迷茫，甚至有时会觉得自己的努力仿佛看不到回报。此时，若能从这些英模人物的鲜活故事中汲取力量，便能更加坚定内心的信念，勇敢地直面生活中的重重挑战与艰难险阻。

希望这套丛书能够成为青少年通向梦想的桥梁，成为他们奋斗路上永不熄灭的火种。在未来的岁月里，这些故事的力量会内化为他们自己的力量，让他们在人生的每一个阶段都能勇敢地追求自己的理想，在实现个人梦想的同时，也为中华民族的伟大复兴贡献自己的力量。

让我们期待，未来的奋斗圆梦者与英雄人物，从今天的你们中诞生。你们的奋斗，将成为中华民族复兴路上不可或缺的动力源泉！

目录
MU LU

毛泽建：湘潭走来的菊妹子 / 1

"云贵川"："腊子口的"天降神兵" / 5

黄公略：飞将军自重霄入 / 9

刘志丹：陕北出了个刘志丹 / 13

徐彦刚：文武双全的红军指导员 / 17

寻淮洲：红军最年轻的军团长 / 21

卢德铭：秋收起义总指挥 / 25

董振堂："铁流后卫"军团长 / 29

洪超：长征中牺牲的首位师长 / 33

段德昌：一代名将 "火龙将军" / 37

谢子长：投笔从戎 民族英雄 / 41

陈树湘：断肠明志 血染湘江 / 45

罗炳辉：神行太保 智勇双全 / 49

蔡申熙：红十五军首任军长 / 53

王尔琢：飞兵团长 以身许国 / 57

旷继勋：旷世奇勋 继往开来 / 61

向死而生，浴血荣光

彭湃：农民运动大王 /65

赵博生：我死国生 我死犹荣 /69

伍中豪：火烧宁冈 军中英豪 /73

许继慎：红军第一军军长 /77

飞夺泸定桥二十二勇士：奇绝惊险泸定桥 /81

黄开湘：斧头将军 开路先锋 /86

方志敏：为了"可爱的中国" /91

吴焕先：红二十五军"军魂" /95

朱云卿：黄洋界上炮声隆 /99

刘畴西：独臂将军 伟大英烈 /103

罗南辉：机智英勇 喋血长征 /107

毛泽覃：红星奖章 血染红林 /112

李明瑞：北伐虎将 千里来龙 /116

韦拔群：快乐事业 莫如革命 /120

杨靖宇：铁胆降魔 铁骨铮铮 /124

赵一曼：慷慨就义 巾帼英雄 /128

马立训：爆破大王 开路先锋 /133

陈发鸿：虎团虎将 血写春秋 /138

目 录

蔡爱卿："指挥"青蛙击溃日军 / 143

曾贤生："猛子"连长 白刃英雄 / 147

易良品：善打硬仗的"夜老虎" / 152

八女投江：沉江殉国 感天动地 / 156

杜伯华：悬壶济世 以身试药 / 160

狼牙山五壮士：纵身跳崖 舍生取义 / 164

李白：永不消逝的电波 / 168

田同春：晋察冀军区的关云长 / 173

罗会廉：侦察尖刀 智勇双全 / 177

彭雪枫：共产党人的好榜样 / 181

叶成焕：耿耿丹心 百胜将军 / 186

周保中：白山黑水 铁石将军 / 190

马本斋：民族脊梁 冀中英雄 / 194

罗忠毅：至忠至毅 三战三捷 / 198

范子侠：寒门虎将 血洒太行 / 202

毛泽建：湘潭走来的菊妹子

湖南衡山县巾紫峰下，坐落着一座革命烈士陵园，一位女共产党员长眠在那里。沿着台阶拾级而上，"重于泰山"四个金色大字在石壁上熠熠生辉，浓缩着对这位巾帼英雄最中肯的评价；高耸的纪念碑顶端雕刻着两个阿拉伯数字：2和4。一团石雕火炬在这两个数字中间燃烧着，仿佛诉说着她短暂而又璀璨的青春年华。是的，她的生命永远定格在二十四岁，但她以柔弱之躯抒写了重于泰山的生命篇章。她就是毛泽东的堂妹——毛泽建，又名达湘。

1905年，毛泽建出生于湖南的一个小村庄。那是金秋十月，大地上菊花盛放，于是父母赐予她一个美丽的乳名——菊妹子。菊妹子出生于佃农家庭，父亲早逝，母亲患有眼疾，她自小便过着有上顿没下顿的日子。菊妹子七岁时，毛泽东的母亲文七妹看她可怜，便跟毛泽东的父亲商量，将她过继到自己家。膝下无女的他们对菊妹子视如己出，三个哥哥也待她如亲妹妹一般，毛泽东还根据辈分给菊妹子取了一个正式的名字——毛泽建。然而这样幸福的生活只持续了七年。1919年到1920年，养父养母先后病逝，而此时毛泽东正在外开展革命工作，菊妹子只能含泪回到自己家。无力抚养她的母亲把菊妹子送到肖家做童养媳，她天天如奴隶般干活，却吃不饱、穿不暖，挨打挨骂更是家常便饭。

1921年，常年在外的毛泽东回到家乡，开始寻找菊妹子的下落。当他得知菊妹子在做童养媳后，便托人捎信把她叫回来。每当晚上，菊妹子跟大家围坐在灶膛旁，听毛泽东讲当前的革命大事。回想起自己水深火热的生活，她再也不想回去了，对毛泽东说："三哥，我要跟你去读书，去革命，我再不回肖家了！"为了帮菊妹子解除不合理的婚约，毛泽东给了肖家一大笔钱，并带她踏上了前往长沙的求学之路。

1923年，毛泽建加入中国共产党，同年以优异成绩考入湖南省立第三女子师范学校。她逐步成长为一名具有坚定信仰的共产主义女战士，也成长为一名具有新思想的新女性。1925年，在毛泽东的牵线搭桥下，她与革命同志陈芬喜结连理，并前往陈芬家乡开展工作。他们成立了衡山工农游击队，毛泽建担任游击队队长。她带领游击队到衡山县城贴布告、发传单，用土炸弹炸毁敌巢。她时而化装成雍容时尚的贵妇，时而打扮成朴实无华的农妇，穿梭在敌人的眼皮子底下开展武装斗争。

1928年5月初，在一次激烈的枪战中，因寡不敌众，毛泽建不幸被捕，后被井冈山游击队救出。此时，她已怀孕，即将分娩，隐藏在当地一个老婆婆家里，生下了儿子艰生。孩子的哭声惊动了敌人，她再次被敌人抓捕。因为她是"毛泽东之妹""游击队队长"，敌人企图从她身上捞取重要机密，对她严刑拷打，却一无所获。面对叛徒对她的劝降，她轻蔑一笑："要我投降，除非日出西山，湘江水倒流！"

就在敌人准备对她下毒手之际，陈芬的姐姐陈淑媛前来探望她。对于死亡，毛泽建毫无所惧，只是牵挂着刚出生便被抱走的儿子，想要见儿子最后一面。于是陈淑媛抱来一个婴儿。毛泽建抱着婴儿亲了又亲，深情凝视，喃喃自语。一旁的陈淑媛痛哭失声——艰生早就因为没有奶吃而夭折了。她不忍心将这残酷的消息告诉弟媳，便跪求老乡借了个婴儿，只希望圆弟媳最后一个

向死而生，浴血荣光

愿望。

1929年8月20日，毛泽建于衡山县城马王庙坪英勇就义，是毛泽东家族为革命牺牲的第一人。可歌可泣的菊妹子啊，就如同潇湘大地上的金色秋菊，年年傲霜绽放，馨香世代流芳！

阅读启示

毛泽建在写给亲人和战友的信中，常常在落款处画一柄宝剑。丈夫陈芬不解，她便解释说："泽建就是泽剑，我喜欢利剑，因为它锋利无比，所向披靡，让敌人心惊胆寒，望而生畏！"在衡山的武装斗争中，她就如同一柄宝剑，所到之处寒光凛凛，令敌人闻风丧胆。

拓展延伸

毛泽建烈士纪念馆内，陈列着她在狱中写下的遗书："我将毙命，不足为奇。在达湘个人方面是很痛苦的事了。人世间的苦情已受尽，不堪再增加。现在各处均在反共，这就是我早就料到了的。革命轻易的成功，千万不要作这样的奢望。但是，人民总归要做主人，共产主义事业终究要胜利，只要革命成功了，就是万死也无恨。到那天，我们会在九泉下开欢庆会的。"

"云贵川"：腊子口的"天降神兵"

"人过腊子口，如过老虎口。"在甘肃省迭部县东北、岷县以南，有一座被称作天险的重要隘口，名叫腊子口，藏语的意思是"险绝的山道峡口"。地如其名，腊子口两边悬崖几乎垂直于地面，夹着一条水流湍急的腊子河。国民党妄图凭借腊子口的天险阻止红军北上。1935年9月，红军到达腊子口附近，国民党新编第十四师师长鲁大昌在此设下重兵。这是红军生死攸关的一

向死而生，浴血荣光

战，毛泽东亲自指挥，下令三天之内必须拿下腊子口！

承接这个任务的是被称为"开路先锋"的红四团。16日起，在团长黄开湘、政委杨成武的带领下，红军连续发动了多次冲锋，均因地形太窄无法展开火力，而敌人占据有利地形，并建有碉堡，他们的子弹和手榴弹火力交织，令冲锋的战士们死伤无数。

面对这种局面，黄开湘立马召开紧急动员会："同志们，盲目冲锋只会增加牺牲，并不会扭转战局！现在我们需要换强攻为智取！"这时，一营一连连长毛振华报告说："根据侦察，敌军碉堡虽然坚固，但没有顶盖，而且敌人火力集中在正面，两侧薄弱，后面和山顶均无人防守，如果带人从后面绕到山顶，直接把手榴弹从上面扔进去，就可能把这个碉堡端掉！"

虽说敌军的疏漏就是我军的战机，但真正实施起来却难如登天。首先要攀爬上几乎垂直于地面几十米的悬崖，才能绕到敌人后面，而那峭壁又陡又滑，除了传说中的轻功飞人，常人根本无法攀登。正当大家一筹莫展之际，一个稚嫩而勇敢的声音响了起来："报告团长，我能爬上去！"

大家循声望去，只见一个男孩站了起来，他大概十六七岁，中等个头，颧骨高高的，一双炯炯有神的大眼睛嵌在黝黑的脸蛋上。黄开湘一看，这不是"云贵川"吗！他是一个来自贵州的苗族小战士，因为没有名

"云贵川"：腊子口的"天降神兵"

字，战友们就给他起了个名字叫"云贵川"。只听"云贵川"对黄开湘说："打小我就跟着父亲在深山采药，见惯了悬崖峭壁，攀岩对我来说就是家常便饭，只要给我一根长竹竿，顶端绑上铁钩，用来钩住缝隙，我就能爬上去！"

为了验证"云贵川"所说，黄开湘让他先演练一下。"云贵川"选择了一处无人防守的敌军死角，只见他撑起长竿，钩住悬崖缝隙，三下五除二就爬了上去，然后又钩住石缝中的松树根往上攀爬，像一只敏捷的猿猴那样手脚并用。很快，大家就看不到他的身影了。黄开湘的心一直悬着："云贵川"能不能到达山顶，关乎腊子口之战的成败。他屏住呼吸，一分一秒地等待着……直到从山顶上扔下来一根绳子，消失的"云贵川"又顺着绳子爬了下来。

黄开湘上前一步，紧紧握住"云贵川"的手，激动地宣布："作战计划现在实施！"红军兵分两路：一路由杨成武率领，依然保持正面强攻，来迷惑敌人；一路由黄开湘率领，战士们顺着"云贵川"放下的绳子攀爬到山顶，迂回到敌军背后，伺机端掉碉堡！

当天傍晚，为了分散敌人的注意力，杨成武率领大家提前发起了进攻。几次冲锋过后，一红一绿两颗信号弹从山顶升起，杨成武大喜：这是团长率领的迂回部队

向死而生，浴血荣光

到达了山顶！战士们居高临下，把手榴弹扔进没有顶盖的碉堡，那里瞬间就成了火海。敌军到死也想不明白，这些红军是怎么上来的，难道是天降神兵吗？逃出来的敌人则被正面进攻的红军堵个正着，一番扫射之下，红军突破了敌人的第一道防线，又乘胜追击击溃了敌人的第二道防线。终于，战士们成功占领腊子口，打通了红军长征中这个生死攸关的隘口！

阅读启示

自古英雄出少年，"云贵川"年龄虽小，但他具有大无畏的革命精神，不论是飞夺泸定桥还是在腊子口之战中，他都一马当先，不畏艰险，奋勇出击。虽然他没有留下真实姓名，但他用生命铸就了革命英雄主义精神。

拓展延伸

逆转腊子口之战战局的关键人物"云贵川"，从此却消失在历史的尘埃中，寻踪始终无果。这个苗族小战士仿佛就是为了这一场战役而来的英雄。关于他的去向，有三种可能：第一，他与部队走散了；第二，他牺牲在这次战斗中；第三，他在以后的战斗中牺牲了，但是没有留下姓名。

黄公略：飞将军自重霄入

他是第一位被毛泽东写进诗词的红军将领。"六月天兵征腐恶，万丈长缨要把鲲鹏缚。赣水那边红一角，偏师借重黄公略。"《蝶恋花·从汀州向长沙》写于1930年，当时黄公略率军由原来的零星红色割据区域，发展成连成一片的赣西南大块红色革命根据地，毛泽东一句"偏师借重黄公略"，足见对他的倚重与信赖。

黄公略原名黄汉魂，1898年出生于湖南。少年黄公略

向死而生，浴血荣光

性情刚烈，一言不合便挥拳相向，为此，父亲给他讲起张良路遇黄石老人、折节奉师的故事，并对他说："你脾气暴躁，心里藏不住半点秘密，这样只能做绿林好汉，当不了大英雄。"父亲的话令他羞愧难当，此后，他改名黄石，字公略，发誓以精通韬略的张良为楷模。

1916年，黄公略投笔从戎，投奔湘军。1926年参加北伐战争，在攻占武昌时首立战功，同年被黄埔军校高级班录取。1927年参加广州起义，同年加入中国共产党。在那战火纷飞的岁月里，黄公略成长为红军的优秀将领。他与战士们同甘苦共患难，没有饭吃，就拿发霉的红薯干垫肚子。寒冬腊月，大雪封山，他率部与敌人周旋，依然穿着单薄的衣裤与自己打的草鞋，在雪中行走时要靠倒穿鞋子留下相反方向的脚印，才能摆脱敌人。

1931年4月，蒋介石集结二十万兵力向中央苏区发起第二次"围剿"。5月15日，红军各路依照毛泽东的指令快速向前挺进。凌晨时分，毛泽东火速赶到红三军军部。黄公略见毛泽东这么早赶来，必有要务，便问："总政委还有什么交代？"毛泽东说："昨晚我一直在琢磨，从东固到中洞是否仅仅两条路。除此之外，还有没有更近的路？如果有的话，我们何不提前赶到进行埋伏？"黄公略点头说："有道理！我们不妨去请教一下当地的'三老'（老猎户、老药农、老驮商）吧！"两人一拍即合，边走边访，功夫不负有心人，果然探出在南侧还有一条鲜为人知的山间险道。两人果断决定：改变原有行军路线，走小路直插中洞，提前到达南侧山岭埋伏！

5月16日凌晨，国民党公秉藩师从富田出发，一路向东固进军。部队刚过中洞，突然一声炮响，山谷震荡，数千颗手榴弹从天而降，轻重机枪和步枪形成交叉火力网。这时黄公略下令："同志们，往前冲啊！"上万名红军跃出密林，如猛虎下山般发起冲锋。"这些人是从天上掉下来的吗？"公秉藩根本来不及部署抵抗，一个万人之师顷刻间便分崩离析。黄公略巧妙地将阻击战演变为伏击战，并以迅猛的动作打乱敌阵，为全歼公秉藩师立下头功。当时在白云山观战的毛泽东，远远眺望到黄公略雄姿英发，仿佛从天而降，便给他起了一个外号——飞将军，并将这一幕写进了诗词《渔家傲·反第二次大"围剿"》："白云山头云欲立，白云山下呼声急，枯木朽株齐努力。枪林逼，飞将军自重霄入。"

1931年9月，黄公略在第三次反"围剿"胜利之际不幸遇难。毛泽东、彭德怀等人泪水横流，全军将士一片悲哀。第三次反"围剿"胜利祝捷大会与黄公略追悼

向死而生，浴血荣光

大会同时召开，毛泽东亲自撰写挽联，动情追悼了黄公略："广州暴动不死，平江暴动不死，而今竟牺牲，堪恨大祸从天落；革命战争有功，游击战争有功，毕生何奋勇，好教后世继君来。"

阅读启示

黄公略作战英勇、不畏牺牲，在斗争中表现出的胆识、魄力与精神，几次被毛泽东写进诗词。他的一生是为革命事业无私奉献的一生，他的革命精神是一笔宝贵的财富，已深深融入湘潭人民的血液，成为红色湘潭历史文化的一部分。

拓展延伸

黄公略，1927年加入中国共产党，先后参加了北伐战争、广州起义，参与领导平江起义。在中央苏区三次反"围剿"中屡建奇功。他撰写的《游击战术》是红军历史上第一部研究和阐述游击战术的军事著作，开创了游击战争及人民战争理论研究的先河。2009年，黄公略被列入"100位为新中国成立作出突出贡献的英雄模范人物"。

刘志丹：陕北出了个刘志丹

"自从来了刘志丹，咱们的日子不一般。打倒土豪和老财，推翻了军阀和赃官。镰刀斧头老镢头，砍开大路穷人走。革命力量大发展，红旗一展红了天。"在陕北革命老区，至今流传着这样一首信天游，传颂的就是被毛泽东誉为"群众领袖、民族英雄"的西北红军和西北革命根据地的主要创建人之一——刘志丹。

1903年10月，刘志丹出生于陕西，从小就目睹了乡

向死而生，浴血荣光

亲们食不果腹、卖儿卖女的惨况，立志长大要改变社会。1921年刘志丹考入陕北联合县立榆林中学，成长为陕西地区的学生领袖。1925年加入中国共产党，同年进入黄埔军校学习。1926年毕业后参加北伐战争，这时他只有二十多岁，但在西北军中已成为知名人物。

刘志丹在陕北人民心中有着很高的威望，他率领的西北红军更是战绩辉煌。在进行战斗动员时，他说："同志们，打仗一定要灵活，不要硬打。游击队要善于隐蔽，平常是农民，一集合就是游击队，打仗是兵，不打是民，让敌人摸不透！"在这种灵活战术下，红军和敌人接连打了九仗，九战九捷，军威大振。

值得一说的是毛沟门反击战，这是一场以少胜多、以弱胜强的战斗。

1933年10月28日拂晓，担任警戒的红军战士发现了敌人。得到消息后，刘志丹指挥部队设下埋伏，边打边退。部队移到村外，休息待命时，刘志丹坐下来，解开头上的毛巾铺在地上，拆开驳壳枪刚要擦，猛然发现敌人又追来了。这时敌我距离已非常近，眼看就要交手，他提起毛巾大喊："撤退！"随后，自己转身就跑。

战士们见他这样慌张，如潮水般随他撤退。刘志丹边跑边装好枪，跑到村外一个山头上，把驳壳枪一挥，大声吼道："不要再跑了！同志们，咱们就在这里，给敌人一点颜色瞧瞧！"部队随声压在山头上。

这时敌人已追上了山腰。敌团长叫嚣道："他们溃不成军了！大家快冲啊！"待敌人冲到山头的那刻，刘志丹一声令下，战士们火力全开，立马把敌人打下去了。这时他跳下山头喊道："跟我冲啊！"红军一个反冲锋，势如猛虎，将敌人追杀得丢盔弃甲、满山逃窜。

不料，在取得胜利后，刘志丹又命令部队撤退。

红军中爱琢磨的战士向刘志丹求教："咱们打退一小撮敌人后，明知后有追兵，你却坐下来摆弄枪。待敌人一来，你又带头跑掉。现在咱们打了胜仗，怎么又要撤退呢？"

刘志丹笑着解释："要是我不带头跑，部队能看着像慌里慌张撤退吗？能以假象迷惑敌人，打个胜仗吗？这阵子咱们迅速撤退，就是因为打了胜仗，容易产生轻敌思想。要是被敌人钻了空子，那岂不是要吃亏了？"

听了这番话，战士们恍然大悟："原来这里藏着战术！这就叫'真真假假，虚虚实实'吧！"刘志丹哈哈大笑。毛泽东曾赞叹，刘志丹创建的根据地，用了"狡兔三窟"的办法，创出局面，这很高明！

向死而生,浴血荣光

阅读启示

刘志丹是忠实英勇的红军将领,他心系百姓疾苦,立志革命,在陕北人民心中享有很高威望。他战术高明,因地制宜,为创建陕甘宁革命根据地立下不朽功勋。虽然他英年早逝,但他忠心耿耿、为党为国的精神,将被永远传承。

拓展延伸

刘志丹,1925年加入中国共产党。1936年,在攻打三交镇时壮烈牺牲,年仅三十三岁。他是中国工农红军的高级将领,"中国人民解放军军事家"之一。周恩来的题词高度概括了他的一生:"上下五千年,英雄万万千,人民的英雄,要数刘志丹。"

徐彦刚：文武双全的红军指导员

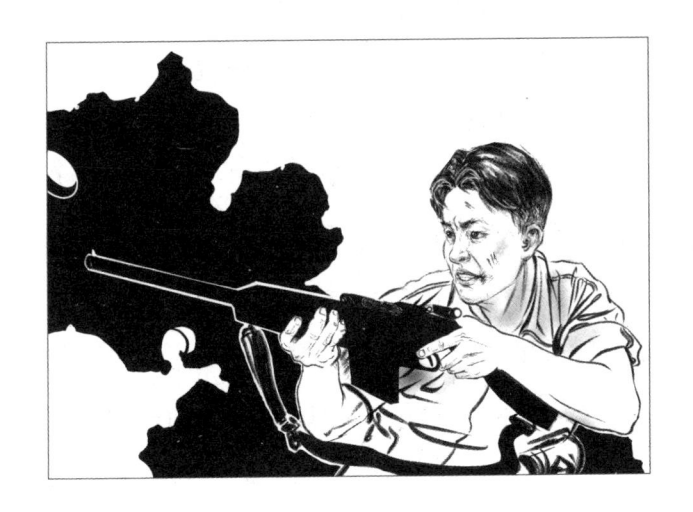

徐彦刚，原名徐兴华，1907年11月11日出生于四川一个农民家庭，曾任红三军九师师长、红三军军长、红一军团参谋长和湘鄂赣省军区司令员等职。他身经百战，屡建战功，是一位文武双全的人民军队的杰出将领。

1928年6月，在龙源口战斗中，徐彦刚率领红军战士一举捣毁了敌人的指挥中心，给了敌军致命一击，顺

向死而生，浴血荣光

利夺取制高点并取得大捷。著名的黄洋界保卫战中，徐彦刚指挥三个营与敌军四个团周旋作战，数次击溃敌人的疯狂进攻，逼迫敌人连夜撤退。

1933年10月，徐彦刚调任湘鄂赣军区司令员。1934年5月，红十六师师长高咏生牺牲后，徐彦刚又兼任该师师长，并带领战士们打了许多胜仗，极大地鼓舞了湘鄂赣边区军民坚持斗争的信心。他曾说过："打垮敌人不是真本事，全部歼灭才算真本事！"

威震湘鄂赣的徐彦刚引起了国民党的恐慌，1935年6月，敌军派出60多个团的兵力对湘鄂赣党政军机关及红十六师实施大规模的"清剿"，企图歼灭徐彦刚部。面对虎视眈眈的数十倍敌军，徐彦刚决定兵分三路进行突围。他率领部队到达云居山区的峡坪村鹅公包山，这里原始的自然风光、清新的空气缓解了战士们长途行军的疲惫，尤其令人高兴的是还有几个山头就可以到达省委驻地。队伍顿时活跃起来，跟随徐彦刚转战千里的妻子童宛园与他开玩笑说："等咱们这支队伍到达目的地，我要睡个三天三夜，你可千万别吵醒我。"

徐彦刚扭头看着妻子调皮的笑脸，刚要回答，四周突然响起了枪声。徐彦刚意识到周围有埋伏，马上命令部队："注意隐蔽，准备战斗！"同时拉过妻子闪入山林，利用地形隐蔽展开战斗。

徐彦刚：文武双全的红军指导员

原来，敌军九十八师在此布下重兵，只等徐彦刚的部队钻进口袋。这时敌人遍布四周，枪炮声震耳欲聋，徐彦刚带领部队奋起反抗，童窕园更是拼命向敌军射击。

呈胶着状态的激战从上午持续到傍晚，久攻不下的敌军分外眼红，集中火力再次向红军射击。徐彦刚号召战士们："利用地形，持续战斗！"话音未落，一颗子弹击中了童窕园的后背，她应声倒地，脸色煞白。徐彦刚立刻扶起妻子："小童，你醒醒，醒醒！"鲜血大片大片地从徐彦刚的手中冒出，染红了脚下的土地。童窕园永远闭上了眼睛。

看着倒在怀中的妻子，徐彦刚悲愤地端起机枪，疯狂地朝敌军扫射。一片片敌人倒下了。突然，侧面袭来的一颗子弹击中了他的左腿，激战中的他踉跄后退了几步，强忍剧痛继续朝敌人射击。一个战士背起受伤的徐彦刚，在其他人的掩护下冲出包围。为了不拖累部队，徐彦刚将部队托付给团政委明安楼，留在云居山养伤。

为了抓捕徐彦刚，国民党发出了悬赏令："生擒者赏二万元，割首级者赏万元。"黄家屋场的黄氏三兄弟因贪恋钱财，遂起杀害之心。9月，三人将徐彦刚砍杀于云居山圣水塘一个老人家中。这个毕业于黄埔军校，二十五岁就成为红三军军长的红军将领，与他的妻子双双牺牲于云居山。

向死而生，浴血荣光

阅读启示

徐彦刚是一位文武双全的红军将领。他战术高明、功勋卓著，为了革命胜利，他和妻子献出了宝贵的生命。他无私无畏、为党为国的精神激励我们继续前进！

拓展延伸

徐彦刚，1926年加入中国共产党，1927年到武汉中央军事政治学校学习，参加湘赣边界秋收起义，随部队到井冈山，历任中国革命军第一军第一师第二团参谋长、中国工农红军第四军第三十二团参谋长、第六军第三纵队队长、第九师师长、第三军军长、第一军团参谋长、湘鄂赣军区司令员兼第十六师师长、中华苏维埃共和国中央政府执行委员。

寻淮洲：红军最年轻的军团长

谁是红军中最年轻的军团长？是寻淮洲！他十五岁当兵，十六岁加入中国共产党，在严酷的战争环境下迅速成长，二十一岁时就被任命为红七军团军团长，成为红军有史以来最年轻的军团长。

1912年，寻淮洲出生于湖南一个贫苦农民家庭。一家人终年耕作而不得温饱，承受着繁重的苛捐杂税。幼年时寻淮洲发育缓慢，与同龄孩童相比更显瘦小。十五

向死而生，浴血荣光

岁时，寻淮洲找到浏阳工农义勇队要求参军，部队的人说："你现在还没有步枪高，还是留在平江参加地方工作吧！"寻淮洲恳求道："我早就恨透了反动派，早已立志于武装，请允许我效命沙场吧！"他的决心感动了在场所有人，部队就将他收下了。进入部队的寻淮洲年纪虽小，却很机灵，点子也多，大家都很喜欢他，叫他"小参谋"。

年少的寻淮洲跟随部队纵横驰骋在"赣水苍茫闽山碧"的战场上。因作战勇敢、指挥得力，他被提拔得很快，1933年任红七军团军团长。可以说，寻淮洲的每一个职务，都是他在战场上一刀一枪拼出来的。

1934年12月，谭家桥笼罩在一片战火硝烟中，敌我双方正展开一场拼杀。一开始，敌军进入埋伏区时，遭到了红二十师的攻击，毫无准备的敌人惊慌失措，敌军团长被打伤。但没过多久敌人开始发动猛烈反扑。红二十师是一支新组建的队伍，不善于打阵地战，很快陷入被动。接着，敌人以数倍于我方的兵力争夺乌泥关制高点，战局开始逆转。

为扭转局面，寻淮洲率红十九师向敌人发动进攻。此时他率领的红十九师位于悬崖之下，而敌人居高临下，占据有利地形。按照当时的地形情况看，红十九师被围困，已经陷入死地。即使处于这种险恶环境中，寻

寻淮洲：红军最年轻的军团长

淮洲也没有慌乱，依然沉着应战，带领战士们有条不紊地展开反抗。阵地上的枪声、炮声、喊杀声响成一片，山石被炸得粉碎，树枝在硝烟中纷飞。战斗从上午打到黄昏，双方激战八个钟头，仍无进展，处于胶着状态。

凌晨时，红十九师再次发起冲锋。寻淮洲举着一面红旗带头冲在最前面，带领战士们发起了全体冲锋。震天的呼喊声犹如天上划过的滚雷，震惊了打瞌睡的敌人，他们慌忙开枪扫射，在阵地上喷出一道道火舌。红军战士一排排倒下，但是队伍并没有停下，他们跟随着寻淮洲奋力向前，红旗不倒，冲锋不停！

眼看红军就要全部突围，敌军机枪手瞄准高举红旗的寻淮洲，开始丧心病狂地扫射。寻淮洲身边的战士纷纷倒下，但他一直向前冲。突然，一排子弹击中了寻淮洲，高举红旗的他倒在了血泊之中。战士们抬着他从枪林弹雨中闯了出来，迅速向北转移。但他终因流血过多，不幸逝世。在他停止呼吸前，口中还在反复念着："北上抗日……北上抗日！"天地悲恸，山河呜咽，红军最年轻的军团长就这样壮烈牺牲，年仅二十二岁。

阅读启示

寻淮洲是红军最年轻的军团长，他指挥灵活，作战勇敢，率领部队打了许多有名的胜仗，可谓战功赫

| 向死而生,浴血荣光

赫。虽然英年早逝,但他高举着红旗率领所部奋勇出击的身影将永远留在我们心中。那红旗不倒、冲锋不停的信念将激励着中华儿女无畏前行!

拓展延伸

　　寻淮洲,1927年初加入中国共产主义青年团,同年9月随浏阳工农义勇队参加秋收起义,并随起义部队进军井冈山,1928年转为中国共产党党员。1934年12月14日,在谭家桥战役中壮烈牺牲。2009年,寻淮洲被评为"100位为新中国成立作出突出贡献的英雄模范人物"之一。

卢德铭：秋收起义总指挥

在江西萍乡芦溪县，坐落着一座秋收起义烈士陵园，这里长眠着无数牺牲的革命先烈。陵园里最引人注目的是那座高约七米的雕塑，它就是秋收起义总指挥卢德铭烈士的纪念碑。卢德铭是毛泽东的第一位军事搭档，是一位优秀的军事指挥员。那耸立天地间的卢德铭全身像雄姿英发，引领着我们回到那个熔铸着鲜血与信仰的革命年代……

向死而生，浴血荣光

1905年6月，卢德铭出生于四川一个富裕的农民家庭，他自幼聪明伶俐，勤奋好学。1921年卢德铭考入成都公学，受五四运动的影响，接触了马克思主义思想，从而产生从军报国的意向，不远千里跑到广州报考黄埔军校。

因为路途遥远，到达时他已错过了黄埔军校的考期，后经老乡推荐，见到孙中山。看完推荐信，孙中山饶有兴趣地问他："你这么想进黄埔军校，是为了什么呢？"卢德铭慷慨答道："晚辈立志投笔从戎，是为了保卫国家，振兴中华！"孙中山点头说："那我出几道题考考你吧！"提笔便写下"当今国民革命之首要任务"。卢德铭稍作思索，便开始答题，所谓胸中有韬略，下笔如有神，他半小时就答完了。孙中山看他一片爱国之心跃然纸上，不禁称赞道："好！希望你言行一致，报效国家！"欣然推荐卢德铭进入军校学习。博学多才的卢德铭不负众望，毕业时每门科目成绩都名列前茅。在毕业典礼上，面对全校师生，孙中山发表演讲说："革命需要大批有为青年，大家要以卢德铭为楷模！"

毕业后不久，卢德铭就投入到了北伐的洪流中。他在叶挺独立团担任二营四连连长，他的军事才能给叶挺留下了深刻的印象。攻打攸县后，叶挺夸赞地道："战功是大家努力得来的,我们的每次战斗,都是得力于你们。比如攸县的占领,就是第四连连长卢德铭在指挥我,而不是我在指挥他。"关于他的英勇善战,当时有诗赞道:"血战两桥敌胆惊,四连直捣武昌城。铁军个个英雄汉,多次冲锋有德铭。"

1927年9月,卢德铭与毛泽东在修水一见如故,他们彻夜长谈,共同商讨秋收起义事宜。按照计划,由卢德铭担任起义总指挥。起义打响后,遭到了敌军前所未有的反扑。战后集合时,卢德铭清点人数,发现起义军从开始的五千多人降到一千五百多人。可见这一路走来,人员损失有多惨重!下一步该何去何从?当时有两种意见,毛泽东主张将部队拉到罗霄山脉的广大农村,那里敌军力量薄弱,有利于发展红色力量。但是师长余洒度认为,应该继续攻打长沙。不少人赞同这个观点。

这时,总指挥卢德铭站了出来,他开门见山地对大家说:"刚才我点名时,发现只剩下一千五百多人,怎么去攻打长沙?恐怕还没到长沙,半路上就会被敌人吃得一干二净。毛泽东的提议非常好,转战农村,更有利于下一步的革命发展。"听了卢德铭这一番话后,大家认清局势,积极支持毛泽东的意见,决定向罗霄山脉开进。

9月25日,起义部队向南进发,途经江西芦溪县

| 向死而生，浴血荣光

时，遭遇敌军伏击。眼看去路被阻挡，再这样拖下去，将会有全军覆没的危险。紧急关头，又是卢德铭挺身而出，亲自带领一个连的兵力冲锋。在掩护部队转移时，站在高处的他不幸被流弹击中胸膛，牺牲时年仅二十二岁。

当毛泽东听说卢德铭牺牲时，悲痛万分地说："还我卢德铭！"并仰天长叹："给三个师也不换！"这是一代伟人深情的呼唤，更是中华儿女永世的怀念！

阅读启示

卢德铭是一名出色的军事指挥员。作为秋收起义的总指挥，在革命最艰难的时刻，他从实际出发，坚定支持毛泽东转战农村的革命路线，为革命发展保留了火种。他的一生是革命的一生，他身上的坚定和智慧永远值得我们学习。

拓展延伸

为纪念卢德铭，江西萍乡芦溪县建立了卢德铭烈士陵园。2016年，距离陵园不到一公里的上埠镇小学被更名为"卢德铭小学"，学习校名的红色历史成为该校新生入学的第一课，以此缅怀英烈，并让英雄基因融入年轻一代的血脉。2009年，卢德铭被列入"100位为新中国成立作出突出贡献的英雄模范人物"。

董振堂："铁流后卫"军团长

董振堂："铁流后卫"军团长

在艰苦卓绝的红军长征史上，曾有一支劲旅被称为"铁流后卫"，它就是董振堂率领的红五军团，为保障中央红军主力北上立下了赫赫战功。在长征途中，不仅需要勇于冲锋的雄兵骁将，还需要一支忠诚坚定、敢拼能守的后卫部队，以便及时阻断敌人的围追堵截！长征出发时，军委经过慎重考虑，将这个艰巨的任务交给了董振堂率领的红五军团。

向死而生，浴血荣光

1934年11月，中央红军连续突破三道封锁线，一路挥师西进，而此时，国民党由四十万大军组成的第四道封锁线正埋伏在此，等待红军的将是一场恶战。董振堂率领的红五军团负责掩护全军，特别是要保证军委纵队安全过江。由于敌人采取"不拦头、不折腰、只击尾"的战术，红五军团经常要面对数倍于己的追敌。

28日，湘江战役打响，当时军委距离最近的湘江沿岸只有八十公里，但由于携带东西过多，行军速度缓慢，很容易被敌人包围而无法过江，处境异常险恶。后卫的红五军团与敌人展开了殊死搏斗，为了阻击从后面追来的敌人，一场敌众我寡的激烈战斗打响了。董振堂下达了最严厉的命令："坚决防守住，不准一个敌人靠近军委纵队！"

12月1日是军委纵队渡江的最后一天，也是战斗最激烈的一天，敌人在飞机大炮支援下，更加疯狂地发起进攻。几天几夜没有休息的董振堂亲临前沿阵地，向跟随他浴血奋战的战士们发出悲壮的号召："同志们，一定要战斗到底，我们革命是为了新中国，不惜流尽最后一滴血！"他身先士卒，带领大家奋勇出击，杀得敌人尸横遍野，还展开多次肉搏战，用大刀砍杀扑上来的敌人，鲜血四溅，战况空前惨烈。

董振堂率领部队不顾生命、置之死地而后生的顽强

董振堂："铁流后卫"军团长

阻击，像一道钢铁闸门紧紧堵住了尾追之敌，党中央、军委以及各军团全部安全渡过了湘江，完成了战略转移上具有决定性意义的一步。湘江一战，是中央红军突围以来最壮烈、最关键的一仗，红五军团与数倍于己的敌人苦战，用血肉之躯阻断了敌人的围追堵截，血染千里湘江水，以惨重代价为强渡湘江作出不可磨灭的贡献。

红军三大主力会师后，董振堂担任西路军第五军军长，与强悍的马步芳的军队鏖战于河西走廊。1937年1月，董振堂率领红五军攻占甘肃高台县城，很快就被马步芳的两万多人团团包围。董振堂率部与六七倍于己的敌人浴血苦拼九昼夜，战至最后一人一弹，壮烈牺牲，时年四十二岁。

董振堂牺牲的噩耗传到延安，红军将士万分悲痛，毛泽东和朱德掩面悲泣。宝塔山下，党中央为他举行了隆重的追悼会，毛泽东动情地评价董振堂是坚决革命的同志，我们的革命队伍就是需要这样的同志。1956年，叶剑英元帅视察高台时，曾专程祭奠董振堂。他回想起那炮火连天的岁月，深情地赋诗缅怀："英雄战死错路上，今日独怀董振堂。悬眼城楼惊世唤，高台为你著荣光。"

向死而生，浴血荣光

阅读启示

董振堂早年一心向往光明，1932年光荣加入中国共产党之后，他将积攒多年的三千块银圆全部作为党费上交。他说："我已参加红军，现在又入了党，为了革命，我早就准备把生命献给党，留着这些钱又有什么用呢！"充分表达了一名共产党人的赤胆忠心。他对党忠诚而坚定，为革命置之死地而后生。这种大无畏的精神千秋不朽，"铁血将军"的雄姿万古流传！

拓展延伸

董振堂，河北人，1923年毕业于保定陆军军官学校，1931年与赵博生一起领导宁都起义，并担任中国工农红军第五军团副总指挥兼第十三军军长。1934年率部参加长征后，担任全军后卫，为保障红军主力北上立下赫赫战功，曾被授予"红旗勋章"。1937年牺牲后，为了纪念他，他的家乡建了董振堂纪念馆、振堂公园、振堂中学等。2009年，董振堂被列入"100位为新中国成立作出突出贡献的英雄模范人物"。

洪超：长征中牺牲的首位师长

百石战斗是红军万里长征的第一仗，它冲破了国民党的第一道封锁线。但这次战役却令彭德怀痛失爱将，直到1974年逝世时，彭德怀都对这员爱将念念不忘，并嘱咐身边的老部下不要忘记他。他就是红军长征路上牺牲的第一位师长——洪超。

1909年，洪超出生于湖北。他六岁丧父，九岁母亲改嫁，从此与祖母相依为命。他小时候上过学，也当过

向死而生，浴血荣光

童工和学徒，甚至乞讨过，艰难困苦磨炼了他的斗志。十七岁时，他投身火热的农民运动，大革命失败后被地下党所救，进入中央军事政治学校武汉分校学习。1928年，洪超加入中国共产党，他机智果敢，有勇有谋，从一名普通战士升任班长、排长。草台岗一战，在彭德怀的指导下，洪超率部多次击退数倍于己的敌人，身负重伤，虽然经过抢救保住了性命，却失去了左臂。可这并没有击退他的勇气和激情，在战场上，他依然身先士卒，冲锋在前。在随后的进攻沙县县城的战斗和高虎脑战斗中，因表现出色，他获得由中央革命军事委员会颁发的二等红星奖章。

1934年10月，红军开始踏上万里长征之路。为突破国民党的第一道封锁线，红三军军团长彭德怀命令洪超的红四师担任先头部队，向信丰县百石村挺进，为后继大部队开路。当时防守这一带的，是粤军总司令陈济棠，据说他修建了许多碉堡，百石就是其中之一，对外号称是"坚不可摧的铜墙铁壁"。实际上，陈济棠与蒋介石矛盾很深，根本不情愿出兵打仗，所以暗中与中国共产党达成共识，确保红军西进时平安通过。

为避免走漏风声，陈济棠只将协议含糊下达给少将以上的军官："敌不向我袭击不准出击，敌不向我射击不准开枪！"红军为了保守秘密，也没有向下级传达协议。21日，当红军前卫部队到达百石村时，正逢信丰集日，提前了解到情况的红四师战士告诉群众不要外出赶集，当地老百姓纷纷支持红军行动，都待在家里不出门，把消息封锁起来。然而，粤军守敌却因未收到消息，没有撤退，红军只能武力通过。由洪超率领红十团正面进攻，政委黄克诚率领红十一团、红十二团打掩护。

红十团快速抢占了村子附近的制高点，占得先机与敌奋战，架起机枪发动猛攻。刹那间，枪炮声、杀喊声震彻山谷，不足二百人的粤军节节败退。敌军一个营想赶来增援，被红十一团、红十二团的猛烈阻击击退。于是，守敌坚守没多久就撤出碉堡，躲进村里人称"万人祠"的大堡垒围屋。红军将"万人祠"的守敌团团包围，向陷入绝境的敌人喊话"缴枪不杀"，但守敌贼心不死，仍负隅顽抗，并开枪打死了劝降的战士。

这时，洪超正带领着警卫排赶来与政委黄克诚会合，这一枪彻底激怒了他，他立即下令："调来迫击炮，速战速决！"话音刚落，他就被一颗流弹击中头部，当场壮烈牺牲。黄克诚得知噩耗十分悲痛，这是他在短短两年间第三次失去与自己共事的师长，悲愤之情无以言表。随后他亲自率领部队上阵，调来迫击炮将一米多厚的麻石围墙炸开大缺口，一举歼灭守敌，为师长洪超报仇雪恨！

向死而生，浴血荣光

阅读启示

作为长征路上牺牲的第一位师长，洪超领导的百石战斗打响了万里长征的第一枪，但他自己却倒在了前进的道路上，为党的伟大事业而牺牲。他一生大公无私，光明磊落，一切从党和人民的利益出发，对党无限忠诚。这种精神值得我们学习。

拓展延伸

洪超，1926年参加革命，1927年进入中央军事政治学校武汉分校学习，同年12月参加广州起义。起义失败后转入朱德、陈毅所率领的部队，任朱德的警卫员。1928年，他参加中国共产党，并随朱德参加湘南起义，4月到达井冈山，与毛泽东领导的部队会师，为巩固和发展井冈山革命根据地作出了贡献。长征前，洪超担任红三军团第四师师长。百石战斗后，彭德怀含着眼泪亲自埋葬了洪超烈士的遗体。

段德昌：一代名将 "火龙将军"

编号为"中共字第0001号"的"革命牺牲军人家属光荣纪念证"，是中华人民共和国首张"烈士证"。1952年8月，毛泽东把它签发给了一位英年早逝的红军将领。纵观我党我军历史，革命烈士千千万，这位被授予中华人民共和国中央人民政府第一号"烈士证"的烈士究竟是何许人也？

他就是湘鄂西革命根据地和红六军的创建人之一——段德昌。在湘鄂西革命根据地，流传着"有贺不倒，无段不胜"的民间谚语。老百姓都说段德昌是战无不胜、攻无不克的"火龙"下凡。说起"火龙将军"名号的来历，还有一段惊心动魄的故事。

1929年春，段德昌任中队长的鄂西游击队改编为洪湖赤卫队，周逸群担任队长，段德昌担任参谋长。此时，蒋介石下令五十师师长谭道源赴洪湖"围剿"赤卫队，后又增派了三十四师岳维峻部。

这时，洪湖赤卫队二中队副队长王金标被彭霸天收买，二中队遭到了敌人袭击，队长贺闯的头被割下来游街示众。段德昌愤慨地对周逸群说："敌人气焰如此嚣张，我们定要狠打一仗，压倒敌威！"周逸群赞同道："打，我赞成，但现在敌军兵力多我数倍，还需静待时机啊！"段德昌听后，顿觉有理："对！我们应避其锐气。现在敌人到处想抓住我们俩，我看不如将计就计。"于是两人进行了一番周密的商议……

那段时间的街头巷尾都在传赤卫队的周逸群、段德昌慑于敌威，早已从洪湖逃走，据说还是连夜潜逃。这消息很快传到了彭霸天耳中，他得意扬扬地下帖子，邀请谭道源、岳维峻两人赴宴庆祝。

赴宴那日，正值彭家墩集日。段德昌化装成卖艺的，周逸群化装成卖字的，两人扮成赶场之人，在集市上各显神通。彭霸天带着谭、岳二人奔八仙楼而去，一

段德昌：一代名将 "火龙将军"

路上热闹非凡。听见卖唱的唱词吉利，岳维峻还顺手扔给卖唱的一块光洋。兴头之下，几人继续往前走，见一堆人围着一个卖艺的汉子，喝彩声不绝于耳。虽是寒冬腊月，那汉子却袒胸露背，挥舞双刀，耍到紧要处，几乎只见刀光不见人影。几人正看得挪不动腿，突然传来一声枪响，在他们愣神张望时，那个卖艺的汉子一步窜到彭霸天眼前，手起刀落间，彭霸天便身首异处。汉子随即又是几刀，将谭道源的左臂砍伤，把岳维峻的右耳削去半块。谭、岳知道大事不好，顿时抱头鼠窜。

这时，一股浓烟直冲天际，原来是彭霸天的房子着了火！老百姓早已对彭霸天恨之入骨，谁还去救火？他的手下更是趁火打劫，将财宝哄抢一空。直到晚上，谭道源才派了一个团前来救火。突然一阵狂风吹来，火势乘风，好似一条巨大的火龙腾空而起，张牙舞爪地直奔救火团而去，将他们吓得瑟瑟发抖。他们扔下工具就跑，还边跑边喊："火龙来了，火龙来了！"这场火整整烧了一天一夜，将彭霸天的整个宅院付之一炬。洪湖的百姓拍手称快："原来赤卫队里有火龙，段德昌就是那火龙降世！"大家绘声绘色地讲着他的神勇："在彭家墩街上舞刀卖艺，刀劈彭霸天，砍伤谭、岳二人；半夜时分又显出火龙真形，烧跑谭道源的救火兵。"从此，洪湖便有了"火龙将军"的传说。

向死而生，浴血荣光

阅读启示

段德昌是理论与实战兼长的军事家，他早年立志救国，投身革命后成长为我党少有的军事奇才，被誉为"常胜将军"。虽然英年早逝，但他以卓越的领导能力与战斗能力，谱写了中国革命动人心魄的华彩乐章。

他坚定信仰、勇于担当、不畏艰难的精神，值得我们永远铭记和学习。

拓展延伸

段德昌，1925年加入中国共产党，先后入黄埔军校和中央政治讲习班学习。1926年毕业后参加北伐战争。1927年参加南昌起义，1928年6月起任中共鄂西特委委员，1930年参与创建以洪湖为中心的湘鄂西苏区，1931年任红三军第九师师长。1933年在"肃反"中遭诬陷被杀害，年仅二十九岁。在党的六届七中全会上，毛泽东提议为段德昌平反昭雪。中华人民共和国成立后，毛泽东为其亲属签发了中央人民政府第一号"革命牺牲军人家属光荣纪念证"。

谢子长：投笔从戎　民族英雄

在中国工农红军的历史上，有这样一位红军将领，毛泽东曾三次为他的墓碑题词，他就是陕北红军和苏区的主要创建人谢子长。

1897年，谢子长出生于陕西一个殷实农民家庭。求学期间，他的视野得到了开阔，他开始把个人命运与国家、民族命运联系起来，思索如何报效国家。1924年，谢子长回到家乡办起了民团。他秉公办事，惩办土豪劣绅，为贫苦工农平反申冤，当地群众亲切地称他为"谢青天"。

谢子长于1925年加入中国共产党，1927年，他领导的清涧起义打响了西北地区武装反抗国民党反动派的第一枪。1932年担任中国工农红军陕甘游击队总指挥。

1934年8月17日，驻石湾镇之敌第八十六师姜梅生团派一个连向根据地进犯，窜入景武塌村。谢子长抓住战机，决心消灭这股孤军深入之敌。

在陕北的土窑洞内，谢子长连夜召开会议，他点亮麻油灯，分析道："景武塌易攻难守，而敌军兵力众多，我们一口吞不下去，只能逐个击破！"参谋长贺晋年说："我看敌人自以为人多势众，并不把我们放在眼里，我们正好利用这种轻敌心理，给他们来个下马威！"谢子长点头道："这个意见好，咱们就来个'包饺子'战术，大家说怎么样？"大家纷纷赞成。在这沉沉夜色中，谢子长下达命令："由红三团担任主攻，一、二、五支队助攻，现在出发！"

山头刚照见第一缕晨光，谢子长就下达进攻命令，参谋长贺晋年带领奋勇队冲入景武塌。山上杀声顿起，枪声一片，惊醒了睡在山下的敌人，他们从土窑洞内爬出，仓皇应战。当他们开始拼命往山上冲时，占据有利地形的红军紧握手榴弹，待敌军逼近红军阵地，五十米、三十米、二十米！一颗颗手榴弹扔向敌群，一股股硝烟腾空而起。几番轰炸下来，敌人死伤无数。

溃败的敌连长想要寻找一条撤退之路，只见漫山遍野红旗招展，人民群众的呐喊声在群山间回荡。如此阵势，真是插翅难逃啊！敌连长只能命令所部坚守待援。

此刻，站在二郎山上观察战况的谢子长心中正在思索：敌军后援赶到这里只有二十多里路，半路上想必已听到了枪声，如此便会加快速度，按照时间推算，他们可能快到了，必须迅速结束战斗！想到这里，他马上命令吹响冲锋号，并让贺晋年率领奋勇队冲进村子，首先击毙敌连长。这下敌人群龙无首，到处乱窜，而占据各个山头的战士如猛虎一般俯冲下来，敌人纷纷朝南大沟方向逃命。南大沟正是红军预定的歼敌地点，南北夹击，上下合围，只待敌军自投罗网！谢子长让战士们一边冲锋，一边高喊："缴枪不杀！"早已吓破胆的敌人纷纷举手投降。这一仗速战速决，等红军打扫完战场撤离后，敌援军才匆匆赶到，迎接他们的只有躺在地上的尸首。

红军陕北革命根据地反"围剿"首战告捷，老百姓欢天喜地。得知红军还没吃过这里的荞叶羊肉，他们炖了几大锅犒劳战士们，并围着这支凯旋的部队唱起了信天游："红军本姓民，军民一家亲，携手反'围剿'，情谊比海深。陕北一片红，消灭白匪军！"

向死而生，浴血荣光

阅读启示

谢子长早年投笔从戎，立志报国，为百姓伸张正义，为人民所爱戴。作为中国工农红军的杰出指挥员，他创建了陕北革命根据地。"一生为人民创造红地，百姓到如今叫你青天"，这副挽联高度概括了谢子长伟大光荣的一生！

拓展延伸

谢子长参与领导创建的西北革命根据地，成为党中央、中央红军长征的落脚点和东征的出发点，为中华人民共和国的成立作出了重大贡献。为了纪念他，1942年5月，他的家乡改名为子长县，现已成为子长市。2009年，谢子长被列入"100位为新中国成立作出突出贡献的英雄模范人物"。

陈树湘：断肠明志　血染湘江

2016年上映了一部叫《绝命后卫师》的电影，这部优秀影片取材于红军长征史上的真实事件，那就是红五军团第三十四师成功掩护红军主力抢渡湘江的悲壮故事。如果说红五军团是长征队伍的总后卫，那么三十四师就是红五军团的后卫部队，名副其实的"后卫中的后卫"。而这个后卫师的师长就是陈树湘。身为三十四师师长，他曾经说过："如果一个团、一个营、一个连

向死而生,浴血荣光

只剩下一个人,也要和阵地共存亡!大部队不能顺利渡过湘江,就是我们三十四师的耻辱!"可以说,没有三十四师的忠诚坚守,就不会有湘江战役的胜利。

党史专家说,1934年底的湘江战役,是红军长征出发以来最壮烈的一仗,也是关系红军生死存亡的关键一仗。陈树湘带领六千多闽西战士,与数倍于己的敌军进行殊死搏斗。"大家冲啊,给我使劲打!"真是杀声震天,血流成河。一波又一波战士扑上去,一次又一次击退敌军进攻。终于,战士们胜利完成掩护中央红军主力和中共中央、中革军委机关渡江的任务!

但是,三十四师伤亡惨重,全军从六千多人锐减到不足千人。如血残阳下,无数闽西子弟的鲜血染红了湘江水。此时三十四师已与主力部队脱离,随时处于敌人的虎视眈眈之中。12月12日,陈树湘率部进至桥头铺,突然遭到伏击,不幸腹部中弹!他用皮带压住伤口,强忍疼痛指挥战士将木船靠岸。崎岖山路上,战士用担架抬着陈树湘疾速前进。鲜血浸透了他的衣服,剧痛令他的额头渗出汗珠,但他咬牙坚持着。到达富竹湾,躺在担架上的他仍不忘指挥战斗,命令一个班抢占馒头岭对面的山头,以掩护其他红军冲过敌人的火力网。眼看就要突破敌人的封锁了,抬担架的两个战士突然被子弹击中,应声倒地,担架上的陈树湘也滚到了田沟里。有战

陈树湘：断肠明志　血染湘江

士跑过来扶他，被他一手推开："大家先不用管我，要掩护同志们！死我一个算什么，要紧的是让大家冲出去！"最后一颗子弹射出去了，敌人一波又一波涌向他们。在这最后关头，陈树湘大义凛然道："既然冲出去不可能了，大家扶我起来吧！"身负重伤的他被战士们搀扶着，庄重威严地屹立在草坪上。

敌营长何湘一听说红军三十四师师长被俘，得意扬扬，让手下把陈树湘抬到眼前，赔着一副假惺惺的笑脸说："陈师长，我扶你起来吧？"没承想却被重伤的陈树湘一把推开。不死心的敌人威逼利诱，但陈树湘意志坚定、毫不动摇。气急败坏的何湘下令将他押送至保安司令部。在途经石马桥时，乘敌不备，陈树湘掏出肠子自行绞断，鲜血流了一路，敌人发现时，他已永远闭上了双眼。年仅二十九岁的他用生命践行了"为苏维埃新中国流尽最后一滴血"的革命誓言。

这样残酷的自尽方式令敌人无比震惊，为了达到杀一儆百的效果，敌人丧心病狂地割下他的头颅，挂在长沙小吴门的城墙上，对面就是生他养他的家乡。日月同悲兮水呜咽，英雄忠魂兮归故乡！陈树湘用气壮山河的壮举谱写了一曲"头可断，血可流，革命气节不能丢"的英雄篇章！

向死而生，浴血荣光

阅读启示

陈树湘以断肠明志、血染湘江的壮举践行对党的绝对忠诚，实现了他"为苏维埃新中国流尽最后一滴血"的誓言。他的一生虽然短暂，却轰轰烈烈。他敢于担当，向死而生，是践行长征精神的典型代表。我们要学习这种精神，走好新时代的长征路！

拓展延伸

陈树湘，1905年出生于湖南，原名陈树春，自小跟随父亲以种菜为生，被唤作"春伢子"。在距离他家不过百米的清水塘，居住着毛泽东、杨开慧两口子，相识后，毛泽东建议他把名字改为"树湘"，意为"要像一棵参天大树那样，树立在潇湘大地上"。人如其名，陈树湘的一生如同这个名字一样，矢志不渝，血染湘江。2009年，陈树湘被列入"100位为新中国成立作出突出贡献的英雄模范人物"。

罗炳辉：神行太保　智勇双全

罗炳辉：神行太保　智勇双全

罗炳辉原名罗德富，1897年出生于云南彝族一个贫苦农民家庭。他从小就胆识过人，十二岁那年，有个恶霸借一桩莫须有的罪名要敲诈罗家，罗父四处托人花钱摆平，不料罗炳辉忍不下这口气，当着恶霸的面说："与其拿钱塞狗洞，不如拿钱去打官司！"

恶霸跳了起来："这个干娃娃吃了雷公胆了，敢在太岁头上动土！"之后立刻找打手行凶。在乡邻的帮

向死而生，浴血荣光

助下，罗炳辉跑脱了，但他请亲戚写状纸，历数恶霸罪行，到衙门击鼓鸣冤。升堂时，官吏惊愕："十二岁的娃娃好大胆！"恶霸花钱贿赂，官司打了个平手，罗炳辉却因此成了闻名乡里的人物。

黑暗的旧社会在罗炳辉心里埋下了仇恨的种子，他认为只有当兵才有机会惩罚这帮土豪劣绅。他以惊人的毅力，用十二天时间徒步数百公里到昆明寻求参军，因没关系，未能如愿，先后做了木匠、伙夫、马夫。1915年，通过一个偶然的机会，他进入云南的唐继尧部当兵，后参加讨袁护国战争、东征战争和北伐战争。1929年7月，他秘密加入中国共产党，同年11月加入中国工农红军。罗炳辉作战骁勇，反应迅速，勇做开路先锋。当地的老百姓这样描绘他："身高七尺，浓眉大眼，面如紫铜，声若洪钟，打枪有百步穿杨的本领，坏人想要接近他，百步之内，休想从他的枪口下逃脱。"美国著名记者斯诺夫人在延安听到他的传奇故事后，称他是"神行太保"，并感叹地写道："罗炳辉是一个真正的中国人，他是中国人所爱好的关帝型的英雄，是一个智勇双全的人物。"

1930年10月，蒋介石调集十万大军"围剿"中央苏区和红一方面军，毛泽东来到红十二军军部，对罗炳辉说："你率领三十五师到藤田去，牵着张辉瓒的鼻子，把他引到龙冈。"罗炳辉心领神会。他边打边退，在引敌途中，还命令战士故意丢掉一些东西，比如包袱、马灯、水壶等。看到这些被扔掉的物什，敌人真的以为红军在撤退，便拼命追赶。当罗炳辉带领部队爬过第二座大山时，炊事员送来了饭菜。战士们正要吃时，敌人又追来了。罗炳辉立即下达命令："不准吃饭，马上出发。"于是，红三十五师又"撤退"了，只留下一个连引敌前进。

敌人追到这里，见到饭菜，垂涎三尺，你争我抢，而他们的头儿更是自鸣得意，以为红军吓得连饭都顾不上吃。此时，罗炳辉向吃饭的敌人发动袭击又迅速"撤退"，敌人慌忙放下饭菜继续追赶。这一路上，罗炳辉率领的部队不断地"退"，张辉瓒的第十八师拼命地"追"。就这样，罗炳辉牵着敌人的鼻子，终于使其乖乖地到达龙冈，成为瓮中之鳖。

罗炳辉向毛泽东汇报时，毛泽东幽默地问："你们路上有没有吃亏？"罗炳辉也幽默地答道："亏倒是没有吃，但是为了引诱敌人，我们给他们做了一顿饭。"毛泽东听到他幽默的描述后满意地笑了，称赞罗炳辉说："你呀，真是个牵牛鼻子的能手！"在此次战斗中，罗炳辉协助红一方面军"关门打狗"，一举活捉张辉瓒，歼敌九千余人。

常年征战使罗炳辉病倒在前线，1946年，四十九

向死而生，浴血荣光

岁的他牺牲在了新中国成立前。军长陈毅主持追悼大会，并亲自写下一首长诗："戎马三十载，将军滇之雄……"沉痛追悼这位革命挚友。

阅读启示

罗炳辉是智勇双全的红军将领，他性格耿直，战斗经验丰富，具有高超的指挥艺术，所率的红九军团被中央军委赞誉为"战略轻骑"。他一生南征北战，勇做开路先锋。"为人民尽孝、为革命尽忠"是他奋斗一生的真实写照，值得后世铭记传承。

拓展延伸

1989年，罗炳辉被中央军委确定为"中国人民解放军军事家"。1997年7月，在罗炳辉诞辰100周年前夕，江泽民总书记为之题词"人民功臣罗炳辉将军"。云南昭通建设了罗炳辉将军广场并铸立了铜像——高大魁梧的罗炳辉将军两眼凝视前方，既像是聚精会神地指挥作战，又像是怀着激动的心情向往祖国美好的未来。2009年，罗炳辉被列入"100位为新中国成立作出突出贡献的英雄模范人物"。

蔡申熙：红十五军首任军长

在湖南醴陵的渌江中学门前，有一条申熙路，这是为纪念红军将领蔡申熙而命名的一条道路。多年前，青年蔡申熙就是从这所中学走出去，走上了一条救国救民的革命之路。每当渌江中学的学生们踏上这条路，就会怀想起红十五军的创始人蔡申熙，怀想起他那战略家的胆识和气度。由于战绩卓越，蔡申熙被列为开创红四方面军战略战术的"黄埔四杰"之一。

向死而生，浴血荣光

蔡申熙1906年出生于湖南一个贫苦农民家庭，1924年春进入孙中山陆军讲武学校，后转入黄埔军校学习，同年秋加入中国共产党。1929年冬，蔡申熙被派到江西东固革命根据地工作，担任游击队第一路军总指挥。1930年10月16日，红十五军在鄂东黄梅宣布成立，蔡申熙作为这支部队的首任军长，创造了红军史上建军时间最短的纪录。在以后的历次战役中，他机智灵活地探索新战术，还创造了红军史上最早进行坑道作业的战例。

1931年2月，新集攻坚战打响。新集是位于大别山金三角腹地的一座山城，城墙高两丈、厚七尺，城池碉堡全部用长方形岩石砌成，异常坚固，就算是迫击炮，打在上面也只能留下一个印记。红十师曾两次发起进攻，并用云梯爬墙攻坚，但在敌人密集的火力下，一排又一排的战士倒在了城墙之下。蔡申熙非常痛惜，他对军参谋长徐向前说："这样死打硬拼是不行的，要另想破敌之策！"他建议部队表面上佯攻，而暗地里却组织战士去地下，挖一条直达城墙根的坑道，再填充上几百斤炸药，将城墙炸开！

对这一主张，在场的红军将领无不赞同。于是马上开始作业，一营佯攻，掩护二营、三营开挖地道。挖一段就打上桩子，再撑上木板，以防止塌陷，并集中全军的手电筒为地道照明。经过昼夜不息的作业，一条长达五十米的坑道终于挖建成功！这时，一只巨大的杉木棺材被推进坑道，棺材里塞满了数百斤的黑色炸药，在外面用大铁钉牢牢钉死。

坑道爆破已万事俱备，只待蔡申熙一声令下。下午5时，随着导火索被点燃，一声巨响地动山摇，一道黑色烟柱腾空而起，固若金汤的城墙顿时被炸开一道丈把宽的豁口。等候在此的红军奋勇队一拥而上，冲进城内与敌人殊死搏斗。敌酋听说门被攻破，急令属下发起反攻。敌我双方杀声震天，刹那间血肉飞溅。勇猛异常的红军战士将敌人逼退至城内，展开激烈巷战！

这时，一部分红军战士冒着滚木礌石攀爬上城墙，与敌人展开肉搏！三个小时后，红军战士全歼守敌一千余人。新集被解放了！从此，插在鄂豫边苏区和皖西苏区间的一颗"钉子"被拔掉，大别山北部连成了一片，而新集也成了鄂豫皖苏区的苏维埃政府所在地。

1932年，蔡申熙在蒋介石对鄂豫皖革命根据地发动的反"围剿"中，掩护主力部队突围转移。他亲临一线指挥，率所部昼夜激战。当时敌人步步紧逼，警卫员几次要求他退下火线，但蔡申熙拒绝说："队伍还没全部撤到安全地带，我不能走！"就在这时，一颗罪恶的子弹射进了他的小腹，顿时鲜血涌出。他捂住伤口，咬牙指挥战斗，直至昏倒在地。

向死而生，浴血荣光

蔡申熙的妻子曾广澜与徐向前、曾中生等闻讯赶到他身边，苏醒过来的蔡申熙深情地劝慰大家："别难过，大家要坚持斗争下去，永远跟党走……"他用无限留恋的目光凝视着这些跟他并肩战斗的战友，然后永远闭上了眼睛，长眠在鄂豫皖这片红色热土上。

阅读启示

蔡申熙是红十五军的主要创始人之一，他不仅具有战略家的胆识和气度，而且在历次战役中机智果断、勇猛顽强，不断对战术进行探索创新，即使在生命的最后时刻还惦记着未竟的革命事业。他对鄂豫皖红军的建设和发展作出了重大贡献，为我们树立了光辉的榜样。

拓展延伸

蔡申熙，中国工农红军高级指挥员，军事家。早年入黄埔军校，参加东征和北伐。大革命失败后，参加了南昌起义和广州起义。1930年在鄂东南组建红十五军，坚持鄂豫皖根据地的斗争，后又任红二十五军军长，作为鄂豫皖苏区党和军队的主要负责人，对根据地作出杰出贡献。1932年10月，在掩护红四方面军转移时中弹牺牲，时年二十六岁。1989年，被中央军委确认为"中国人民解放军军事家"。

王尔琢：飞兵团长 以身许国

"儿何尝不想念着骨肉的团聚，儿何尝不眷恋着家庭的亲密……为了让千千万万的母亲和孩子能过上好日子，为了让白发苍苍的老人皆可享乐天年，儿已决意以身许国，革命不成功，立誓不回家。"这是共产党员王尔琢于1927年5月写给父母的一封家书，字里行间浸染着满腔爱国情怀。

1903年，王尔琢出生于群峰连绵、松竹苍翠的湖南

向死而生，浴血荣光

石门县官桥村，少时家境还算殷实，十三岁时在村里读过私塾，后在县立高级小学就读。1924年，王尔琢进入黄埔军校第一期学习，得到周恩来的赏识和培养，同年加入中国共产党。

王尔琢的战争生涯始于参加平定广州商团叛乱和两次东征。1927年，王尔琢率部挺进江西、攻入上海时，蒋介石委派两位亲信拉拢他加入国民党，并以军长之高位相许，被他严词拒绝。此时王尔琢想念出生后从未见过的女儿，便托友人在武汉租了一间房子，写信约妻女前来一见。妻子带着女儿动身时，正值蒋介石策动"四一二"反革命政变，"通缉要犯"王尔琢东躲西藏，错过了与妻女相见的机会。这次错过令王尔琢备感遗憾，同时也坚定了王尔琢与国民党斗争到底、救国救民的决心。

1927年8月，王尔琢参加了南昌起义。10月底，起义军余部被整编成一个纵队，王尔琢任参谋长，与朱德、陈毅等率部转战闽粤赣湘边，在艰苦的条件下将革命的火种保留下来。由于行军途中时常遭到敌军的围追袭击，加之长途跋涉、给养不及时，队伍思想混乱，逃跑情况时有发生。为保存部队力量，王尔琢一路上与战士打成一片：他不骑马，与战士们共同行进；为缓解行军疲惫，唱家乡小调鼓舞士气；一天到晚开展思想引导,忙得没时间理发,也没时间刮胡子。大家开玩笑说:"你这把胡子,简直像马克思!"王尔琢则认真地说:"如果革命不成功,我就不剃胡子!"

1928年5月,永新战役打响。彼时红四军刚成立,敌军以两个团的兵力"围剿"井冈山,王尔琢利用战术顺利占领了永新城。不甘心的敌师长杨如轩亲自带领四个团卷土重来,人数比上次增加一倍。杨如轩十分轻敌,根本没把红军放在眼里。王尔琢见来敌较多,故意放弃永新,佯装绕袭湖南茶陵,暗中却于夜间急行,并在敌人必经之地设下埋伏,把敌军打个措手不及。战斗结束后,当他率部直取永新,毫无防备的杨如轩还在指挥部听戏,忽闻枪声大作,才慌忙奔逃,后被流弹击伤。王尔琢率部发动总攻,一举攻占永新!经此一役,王尔琢被称为"飞兵团长",他率领的这支队伍被称为"飞兵二十八团"。

1928年8月,担任前卫第二营营长的袁崇全在崇义县思顺墟胁迫士兵叛逃。事发突然,朱德打算派兵将袁崇全打回来,但王尔琢却说:"我跟他不但是老乡,还是黄埔一期的同学,放心吧,我定能将他劝说回来!"王尔琢快马加鞭追上他们,并高声喊道:"同志们别怕,我是你们的团长,是来接你们回去的!"叛逃士兵一听到团长的声音,纷纷向王尔琢跑去。气急败坏的袁

向死而生，浴血荣光

崇全暗中开枪袭击，将罪恶的子弹射进了王尔琢年仅二十五岁的胸膛。

噩耗传来，朱德挥泪长叹："我军失去一位能将啊！"红四军军部为王尔琢举行了隆重的追悼大会，一副由毛泽东起草、陈毅书写的挽联表达了无限哀思："一哭尔琢，二哭尔琢，尔琢今已矣，留却重任谁承受？生为阶级，死为阶级，阶级后如何？得到胜利方始休！"

阅读启示

王尔琢始终英勇战斗在革命最前线，在革命斗争的征程上抛头颅、洒热血，奉献青春韶华。他的拼搏意志，激励着无数革命志士前赴后继，奋勇向前。

拓展延伸

王尔琢，1924年考入黄埔军校，同年加入中国共产党。1927年任国民革命军第四军第二十五师第七十四团参谋长。1928年参加领导湘南起义，任工农革命军第一师参谋长；4月朱德与毛泽东部队会师后，任中国工农红军第四军参谋长兼第二十八团团长，协助毛泽东、朱德指挥五斗江、草市坳和龙源口等战斗，为保卫和发展井冈山革命根据地作出了重大贡献。2009年，王尔琢被列入"100位为新中国成立作出突出贡献的英雄模范人物"。

旷继勋：旷世奇勋　继往开来

在贵州思南县安化街，有一处爱国主义教育基地。走近这座朱漆门楼，堂屋门口写着一副楹联："大风起兮，救世匡时举义旗，红军虎将建旷代奇勋；睡狮醒矣，富民强国求发展，乌江儿女继先烈宏愿。"这副楹联所纪念的人物，就是杰出的红军将领旷继勋。

1895年，旷继勋出生于贵州一个贫苦农民家庭，毓秀的思南山与丰沛的乌江水养育了他。这个聪颖少年从

向死而生，浴血荣光

小就立下远大志向，要像孙中山那样为贫苦百姓做事，拯救中华民族。1916年，旷继勋于四川入伍，由于他英勇善战，短短几年就从一个普通士兵升任排长、连长、营长直至团长，在这期间他接受了马列主义的熏陶。1926年，旷继勋光荣加入了中国共产党，在严酷的斗争中经受磨砺。1929年，他率部起义，任红军四川军八路总指挥，逐渐成长为一名忠诚坚定的无产阶级勇士。

1931年1月，红十五军、红一军合编为中国工农红军第四军，旷继勋任军长。在数次战役中，他率领千军万马，与反动派进行了艰苦卓绝的斗争，创造了许多成功战例，最令人难忘的当属他在鄂豫皖地区指挥的第一场战斗——磨角楼之战。

那是一个月黑风高的夜晚，旷继勋率领红十一师的两个团到达磨角楼，在夜色的掩护下，神不知鬼不觉地将敌人包围，准备破晓前发起进攻。磨角楼地处鄂豫皖两大苏区之间，因为战略位置关键，敌人早就在这里大兴土木，建了里外三层防御工事，可谓易守难攻，旷继勋率领的首次突袭没有取得成功。

手提短枪奔赴火线的旷继勋指挥一个团从东面发起冲击，并命令红十一师师长许继慎从西面带领一个团发起强攻。被团团包围的敌人真是四面楚歌，他们逃不出去，只能如困兽般与红军拼命。只见他们将数挺机枪架于寨墙之上，丧心病狂地向红军扫射，枪林弹雨中的红军发起一次次冲锋，又一次次被密集的火力网打回来。

战斗虽激烈，但进展甚微。两天下来，磨角楼依然在敌人手中，而红十一师的两个团损伤惨重。眼看战斗力渐失，两天两夜未合眼的旷继勋继续下达战斗指令："从参谋长那里调来一个团加入战斗！"红三十一团立刻被调来，旷继勋亲自率领这个团发起强攻。

一个昼夜的激战过去了，异常坚固的磨角楼仍未攻克。战事胶着，杀声震天，此时越发需要"每临大事有静气"。旷继勋沉着仔细地分析了当下战况，语气坚定地下达命令："再调一个团来！我就不信，凭借我军的战斗力，攻不下一个小小的堡寨！"于是红十师的一个团又被调来加入战斗。

四个红军团的团长都被集结到指挥所，旷继勋命令他们轮番发起强攻！敌军驻守麻城的是第十三师副师长朱怀冰，他接到红军强攻磨角楼的情报后，急忙带四个团出麻城北援，行至骑骡铺以北地区，受到红军打援部队的顽强阻止。激战三天，红军毙、伤、俘敌五百余人，余敌溃逃而去。磨角楼守敌已成瓮中之鳖，很快被歼。这次战斗，红军共歼敌千余人，缴枪千余支。

正如旷继勋所说："磨角楼虽然战事多磨，但凭借我们的战斗力，就没有拔不出的大钉子！"

向死而生，浴血荣光

阅读启示

旷继勋是有勇有谋的红军将领，他发动的蓬溪起义树起了中国工农红军四川第一路大旗，并铸就"坚韧不拔、自强不息、艰苦奋斗、奋勇争先"的革命老区精神。作为红军的高级将领，他把毕生精力融入中国人民的解放事业，为我们树立了光辉的榜样。

拓展延伸

旷继勋，参与建立了四川第一个县级红色政权——蓬溪县苏维埃政府。1930年任红六军军长，参与开辟洪湖苏区。1931年，被派到鄂豫皖根据地担任红四军军长；10月，任红二十五军军长，曾指挥磨角楼、新集、双桥镇等重要战役和第一次、第二次、第三次反"围剿"，取得辉煌胜利，为四川革命活动播下了火种，为川北乃至整个四川的革命胜利作出不可磨灭的贡献。

彭湃：农民运动大王

在中国共产党农民运动的历史上，有一位先驱者被毛泽东称为"农民运动大王"，他所撰写的《海陆丰农民运动》一书，是从事农民运动者的必读书，周恩来亲笔为之题写书名。他所领导建立的海陆丰苏维埃政府，为中国革命以农民为基地走向胜利开辟了道路。他就是中国农民运动的领袖——彭湃。

1896年10月22日，彭湃生于广东一个地主家庭。彭

向死而生，浴血荣光

家在当地是有钱有势的"大户人家"，但他从小目睹佃户的穷苦，对他们充满了同情。十五六岁时，彭湃被祖父派去收租，他看到那些佃户饥寒交迫的样子，不忍心开口。祖父斥责他："为何收不上租子？"彭湃反击道："我家有吃有穿，而佃户缺吃少穿，为何还要收租？"随着年龄增长，彭湃越来越不满于旧社会的腐朽黑暗，开始探寻救国救民的道路。

1917年，二十一岁的彭湃远渡东洋去寻求救国救民的真理。五四运动爆发后，他与其他留日学生在东京街头发表演讲，遭到了日本军警的镇压。悲愤的彭湃咬破手指，蘸着鲜血书写"勿忘国耻"四个大字，寄回海丰县学生联合会，发誓以热血挽救垂危之中国。

留学归来的彭湃回到家乡，便立刻投入推翻旧社会的农民运动中去。1922年7月29日，五位农民来到彭湃家中，组建了中国最早的农会——六人农会。越是深入农民运动，彭湃与他的地主家庭矛盾就越尖锐。他的大哥怕他败光田产，便尽快与他分了家。岂料这正合彭湃心意，他早就想把自己的那份田产分给农民。在一个秋高气爽的傍晚，他请来戏班，召集乡亲们到家门口看大戏。十里八乡的农民前来围观，人山人海中，彭湃来到戏台中央，高声说道："乡亲们，我手中拿的，是你们的田契！你们祖祖辈辈在这块土地上干活，你们才是这土地的主人！现在我就把它归还给你们！"

台下的佃户们简直不敢相信自己的耳朵！大家面面相觑、踌躇不前。彭湃又说："看来乡亲们不敢拿回自己的田契，那今天我就当着大家的面烧掉！以后你们再也不用交租了！"说着，他在戏台中央燃起火堆，让这场熊熊烈火将所有的田契化为灰烬。大家奔走相告。就是这把火燃起了海丰农民运动的高潮。

彭湃也是中国共产党早期武装斗争中的一位杰出军事领导人。为保卫苏维埃政权和革命根据地，他亲自指挥过围攻碣石城、昂塘之战等多次战斗。1928年3月，国民党调来七十六团、七十七团围攻惠来城，彭湃决定撤出惠来城——请君入瓮。敌军果然中计，进入空城后才发现被红军包围。此时彭湃推测：眼下如果敌军想突围，他们最有可能选择北门突围，于是布下埋伏。果然敌军向北门逃窜，被我军准确伏击，只能再次龟缩回城。

这时，彭湃一边派人向城中喊话"穷人不打穷人"，一边派人用风筝把红军传单"放入"城内。传单上写着："红军增援已到，我们将用云梯越城，你们现在投降还来得及，不然到时走投无路。"这话引得敌军人心浮动，敌团长爬上城头想要一探虚实，不想被彭湃早就安排好的神枪手击毙。顿时敌军大乱，彭湃一声令下，红军顺利攻占惠来城！

向死而生，浴血荣光

1929年8月24日，彭湃在上海参加会议时，因叛徒出卖被捕。在审讯中，敌人用尽酷刑，而他面不改色，还慷慨陈词痛斥反动派。30日，蒋介石亲自下令枪杀彭湃等人。因彭湃在农民心中地位太高，以至于反动派不敢公开行刑，只能秘密将他枪杀于龙华警备司令部。

阅读启示

作为中国农民运动的领袖，彭湃最令人敬仰的是他坚定的革命信念：为了信仰，他不惜与富足的地主家庭决裂；为了信仰，他可以坚贞不屈，慷慨赴死。作为中国土地革命的忠实领导者，他不可磨灭的战绩早已深入中国工农劳苦大众的心中，熔铸成革命的推动之力。

拓展延伸

彭湃，原名彭汉育，1921年加入中国社会主义青年团，1924年加入中国共产党。他于1927年在广东海陆丰地区领导武装起义，建立中国第一个农村苏维埃政权，是中国共产党早期农民运动的主要领导人之一，是海陆丰农民运动和革命根据地的创始人。1929年8月30日被国民党杀害，年仅三十三岁。

赵博生：我死国生　我死犹荣

"宁都霹雳响天晴，赤帜高擎赵博生。虎穴坚持神圣业，几人鲜血染红星。"这是1962年叶剑英元帅作的一首诗，深切缅怀了宁都起义的领导人赵博生。可以说，宁都起义是中国共产党革命史上最伟大的一次士兵暴动，也是代价最小、成就最大的一次革命暴动。

1897年，赵博生出生于河北一个农民家庭。1917年毕业于保定陆军军官学校，早年曾在国民党冯玉祥部任

向死而生，浴血荣光

职，深怀报国之志，渴望救国救民。九一八事变后，时任国民党二十六路军参谋长的赵博生坚决反对蒋介石的"攘外必先安内"政策，通过地下党联系，要求加入中国共产党。他诚恳地说："别看我是参谋长，叫我干什么我就干什么，即使赴汤蹈火也在所不辞！"1931年，赵博生加入中国共产党。同年12月，他率领二十六团北上抗日的请求被蒋介石驳回后，忽然获悉蒋介石准备清除二十六团地下党。就在这危急时刻，赵博生策划了著名的宁都起义。

12月14日晚，赵博生在他的住处——一座欧式洋房里宴请团旅长以上的军官。宁都全城戒备森严，只有这栋两层小楼热闹非凡。长官们带着自己的护兵来参加宴会，正当大家觥筹交错之时，赵博生走到大厅中间，"唰"的一下揭开了早就准备好的一张中国地图。地图上凡是被日寇侵占的地方，都用粗大的箭头作了标注。这张地图令所有宾客都安静下来。赵博生慷慨激昂地说道："国家兴亡，匹夫有责！大家看看，现在国家被日寇侵略成了什么样子！作为军人，我们本应北上抗日，共赴国难，现在却在这里打内战！"他环视四周，看有人在下面窃窃私语，接着说："今晚请大家来，就是让诸位都表个态！"屋子里有几个想逃走的，还有慌不择路想跳楼的，都被赵博生命令手下控制住，并缴了楼下

赵博生：我死国生　我死犹荣

护兵的枪。随后他大义凛然地表态："为了不做亡国奴，我宣布，全军起义，参加红军！"

就这样，一万七千余人，携带两万多件武器参加了起义。1931年12月16日，起义部队通电全国宣布加入红军，原国民党二十六路军改编为中国工农红军第五军团，季振同任总指挥，赵博生任参谋长。起义部队到达苏区后受到了热烈欢迎。这次起义沉重打击了国民党反动派，壮大了红军的革命力量。此后，赵博生迅速投入激烈战斗中，他运筹帷幄，指挥红五军团在赣州战役、漳州战役、南雄水口战役中奋勇出击，屡战屡胜。在红五军团成立一周年之际，中华苏维埃共和国临时中央政府下令嘉奖赵博生，并授予他"红旗勋章"一枚。

1933年初，国民党军纠集四个师的兵力兵分两路向江西苏区进犯。赵博生率领红五军团的三个团据守长源庙，配合主力部队在黄狮渡一带消灭敌人。他亲自勘察地形，沉着应战，指挥部队连续打退数倍于己的敌军，坚守阵地。连日激战使红军的弹药急速消耗，赵博生指挥大家用斗笠装上鹅卵石回击敌人。战斗一直持续到1月8日，红军弹药用尽，赵博生带领部队与敌军展开了一场肉搏。

激战中，一颗子弹射向赵博生，正在指挥战斗的他右额中弹，壮烈牺牲。主力部队在红五军团的配合下，最后取得胜利。

向死而生，浴血荣光

他用年仅三十六岁的生命和热血唱响了自己亲手写就的那首《革命精神歌》："先锋！先锋！热血沸腾，先烈为平等牺牲，作人类解放救星。侧耳远听，宇宙充满饥饿声，警醒先锋，个人自由全牺牲。我死国生，我死犹荣，身虽死精神长生，成功成仁，实现大同。"

阅读启示

赵博生自从加入中国共产党，就立下救国救民之志，并为之付出了毕生精力。没有他，宁都起义就不能顺利取得成功。"我死国生，我死犹荣"，他把身死国生视作无上光荣，满腔爱国情怀浸染笔端。

拓展延伸

1933年1月，为了纪念赵博生，中华苏维埃共和国临时中央政府下令将宁都县改名为博生县，并在瑞金叶坪红军广场上建造了博生堡。朱德亲笔题写了"博生堡"三个大字，嵌于堡首。中国人民解放军总政治部也重新拟写了纪念赵博生烈士碑文，立于堡内。博生堡现为全国重点文物保护单位。2009年，赵博生被列入"100位为新中国成立作出突出贡献的英雄模范人物"。

伍中豪：火烧宁冈　军中英豪

他，曾被称为毛泽东的第一号爱将，他就是被誉为井冈山"四骁将"之一的伍中豪。

伍中豪出生在湖南一个书香家庭，自幼聪敏过人。1922年考入北京大学，在此期间，他接触到新思潮，于1923年光荣加入中国共产党。

在革命斗争实践中，伍中豪逐渐认识到：笔杆难胜枪杆，救世尚须枪杆。他准备投笔从戎，经党组织批准，

向死而生，浴血荣光

考入黄埔军校第四期步兵科。时任总教官的何应钦看重他，想让他毕业后给自己做副官，但是伍中豪不为所动，而是听从党组织的委派，去广州农民运动讲习所做军事教官。当时毛泽东正是该所所长，两个湖南人一见如故，大他一轮的毛泽东亲切地称他为"豪子"。他们经常秉烛夜谈，甚至抵足而眠，结下了深厚的革命友谊。

1927年9月，伍中豪跟随毛泽东参加秋收起义，首战白沙告捷，但随后遭到了国民党的疯狂反击，损失惨重。这时有人主张攻打长沙，毛泽东则根据实际情况，提出了"农村包围城市"的战术。双方展开激烈争论，伍中豪坚决支持毛泽东："同志们，现在我们连打败仗士气低迷，而敌人早就在长沙以逸待劳，此时如果我们硬去强攻，无异于自投罗网，会将部队推到更危险的境地！"部队最终选择支持毛泽东的正确决策。转战途中，为甩掉敌人的围追堵截，伍中豪向毛泽东提出"时东时西，时分时合"的战术并得到采纳。部队顺利到达三湾，进行了著名的"三湾改编"。

建立井冈山革命根据地后，伍中豪更是身经百战，屡建奇功。1928年2月，敌军趁红军攻打遂川之际攻占宁冈。宁冈是井冈山的北大门，一旦被敌人占领，将严重威胁根据地的安全。毛主席果断下令：一定要把宁冈给夺回来！伍中豪的第三营负责主攻，开战之前，他仔

伍中豪：火烧宁冈　军中英豪

细研究了宁冈形势：这里城墙坚固，且红军装备差，手榴弹都很少，更没有大炮。那如何攻下固若金汤的城墙呢？困难激发他开创新的战术，他决定先让九连从南门西侧爬城佯攻，吸引敌军注意，时机一到，再让八连放火烧城！

战斗打响后，三营战士冒着枪林弹雨，扛着攻城梯一路猛冲，到达城墙脚下后，将攻城梯架上城墙，迅速往上爬。为阻挡红军的进攻，城墙之上的敌人拼命地往下扔石头和手榴弹，许多红军战士倒在了血泊之中。

伍中豪见状怒不可遏，他将手榴弹别进腰间，飞速踏上攻城梯，如闪电般往上冲，一边攀爬，一边摸出手榴弹用力扔向城头。终于他跳上了城头，接着喊道："同志们，往上冲啊！"伍中豪的英勇助长了大家的士气，战士们乘胜追击，几个小时后就攻破了城门。从西门逃窜的敌军也被伏击的红军堵个正着，敌营长、靖卫团团长均被击毙，县长张开阳被活捉。

宁冈之战是井冈山革命根据地开创以来的首次大捷，而这次大捷最大的功臣就是伍中豪。由他首创的"围城打伏击"战术，更是被红军在以后的抗日战争中复制了无数次。

1930年，根据上级指令，伍中豪带领一个警卫排向赣南进军，途至安福县时，遭遇靖卫团枪击，虽顽强奋

向死而生，浴血荣光

战，但寡不敌众。伍中豪被靖卫团团长击中胸部，壮烈牺牲。

消息传来，红十二军无不失声痛哭，毛泽东更为失去爱将悲痛异常，好几天都没有出门。当时的红三团团长彭德怀怒不可遏，他亲率五千红军包围安福县靖卫团，活捉团长罗汉苟并亲自监斩。红十二军政委谭震林操刀斩下罗汉苟首级，用以祭奠英烈。

阅读启示

宁冈之战作为井冈山革命根据地开创以来的首次大捷，充分展示了伍中豪的胆识和魄力，不愧是红军中的英豪。"男儿沙场百战死，壮士马革裹尸还。埋骨何须桑梓地，人间处处是青山。"这是伍中豪生前的铮铮誓言，也是他为国为民甘洒青春热血的大无畏情怀的真实写照。

拓展延伸

伍中豪，无产阶级革命家、军事家、政治家，中国工农红军高级指挥员，秋收起义重要领导人，中国人民解放军创建人与领导人之一，开辟了赣南根据地、闽西根据地，建立夏幽根据地，与林彪、黄公略、彭德怀一起被称为井冈山斗争时期毛泽东的"四骁将"。

许继慎：红军第一军军长

在安徽六安裕安区青山乡土门店，坐落着一座占地三千平方米的将军陵园，这里松柏苍翠，一座汉白玉雕刻的将军半身像在夕阳的余晖中庄重威严。雕像炯炯有神的目光仿佛注视着祖国的大好河山，令人想起将军生前写过的诗句："鼓轮破巨浪，风送夕阳归。明晨云雾散，昂首看朝晖。国事艰难日，英雄奋起时。光阴如逝水，觉醒不宜迟！"这首五言律诗饱含着忧国忧民的报

向死而生，浴血荣光

国志向，它的作者就是整编并创建中国工农红军第一军的军长许继慎。

在两次反"围剿"斗争中，红军取得了许多成功的作战经验，而其中非常多的重大成就，都与许继慎这个名字紧紧地联系在一起。1930年3月，许继慎就任红一军军长，在他灵活机动、勇猛果敢的指挥下，红一军所向披靡，在鄂豫皖根据地内纵横驰骋，大显身手。虽然他战功赫赫，但他从不居功自傲，始终认为自己是普通老百姓的儿子。在他率师第二次东征皖西时，队伍快到家乡，他就跳下马来，对见到的每一位乡亲亲切地拱手问好。有战士问他为什么不骑马，他说："家乡的群众见我骑着马回家乡，就会觉得我摆架子，会害怕和疏远我，那我岂不是要脱离群众了？我当军长是为了领兵打倒蒋介石，并不是为了威风凛凛地去吓唬老百姓。"

许继慎身材魁梧，眉宇轩昂，言语亲切，平易近人。在那艰苦的斗争岁月里，他特别注重用自己的模范行动来带动部队，经常跟战士们一起打地铺、睡门板，还常常把自己的马让给受伤或者体弱的战士骑。1930年夏秋时节，由于敌人的封锁，部队吃盐很困难。一天吃午饭时，许继慎发现桌子上有一碗放了盐的韭菜炒辣椒，便问负责采购的战士盐是从哪里搞来的，部队是否都吃上盐了。当他得知这碗菜是全军仅有的一碗放了盐的菜时,他放下筷子,对负责膳食的战士说:"把这碗菜送给我们的伤病员吧,他们更需要。"

平日里他爱兵惜兵,作战时他要求大家勇于冲锋:"红军战士对人民的忠诚,就是要体现在奋勇杀敌上!"1930年12月12日,许继慎率领红一军进入皖西后,一路奔袭,速战速决,打得敌军措手不及、丢盔卸甲。在那场收复金家寨的战斗中,许继慎先是指挥全军于13日晚,在夜色的掩护下行进至丁家埠。14日清晨,红军的军旗迎风招展。红一军四个团,以及独立旅、担架队、赤卫队,全部集结于此,每个连队都猎猎飘扬着一面红旗,每个战士都佩戴着有镰刀锤头图案的红袖章,整个队伍威武雄壮。许继慎号召全军士兵:"同志们,这一路上反动派的罪行令人发指,而人民的苦难令我们心痛!今天,我们就要攻打金家寨,这是我们会师皖西的第一仗!打下金家寨,我们就能收复根据地,就能为人民复仇!"战士们摩拳擦掌,一呼百应。

半夜时分,许继慎下达了战斗指令。按照他的部署,部队分成了三路急行军,犹如三把利剑直插敌巢,把金家寨团团包围,水泄不通。红军的枪声惊醒了盘踞在金家寨的敌人,他们在梦中挨打,悚然间叫苦不迭,抱头鼠窜,可谓溃不成军。经过两个多小时的激战,全歼敌人一个营和民团共千余人。在许继慎指挥的战斗

| 向死而生，浴血荣光

中，红军经常整连、整营、整团地歼灭敌人，就像金家寨之役一样。他的名字令敌人闻风丧胆，在他的率领下，红一军战功赫赫，威震江淮！

阅读启示

作为红一军的军长，许继慎虽战功赫赫，却并不居功自傲，一直认为自己是普通老百姓的儿子。在他心目中，对党和人民最大的忠诚就是在战场上奋勇杀敌。他的一生忠于党，忠于人民，忠于革命事业，为革命信仰浴血奋战，是我们的旗帜与榜样！

拓展延伸

许继慎，中国工农红军早期杰出将领，军事家。1924年考入黄埔军校，同年加入中国共产党。先后参加两次东征，并历任工农红军叶挺独立团队长、营长和参谋长，1930年被派往鄂豫皖边区，整编创建了中国工农红军第一军并任军长，率领红军英勇奋战，取得双桥镇大捷等一系列胜利。1931年11月，在白雀园"大肃反"中被诬陷、杀害于河南光山县，时年三十岁。1989年，许继慎被中央军委评为"中国人民解放军军事家"。2009年，许继慎被列入"100位为新中国成立作出突出贡献的英雄模范人物"。

飞夺泸定桥二十二勇士：奇绝惊险泸定桥

　　飞夺泸定桥，是红军长征路上具有里程碑意义的战斗，有"十三根铁链劈开了通往共和国之路"的赞誉。毛泽东曾在著名的《七律·长征》中这样写道："金沙水拍云崖暖，大渡桥横铁索寒。"这里的大渡桥，指的就是泸定桥；铁索寒，说的就是泸定桥的那十三根铁索。泸定桥是清朝时康熙帝为了巩固国家统一和连接川康两地而修筑，大渡河浪大风急，两岸群山环绕，多是

向死而生，浴血荣光

悬崖峭壁，工匠们使出浑身解数，修建了一座铁索桥，横跨于今四川甘孜县藏族自治州大渡河之上。

为冲出包围，北上抗日，中央红军作出抢夺泸定桥的决策。1935年5月28日清晨，红四团接到命令："29日早晨抢夺泸定桥！"此时红四团距离泸定桥还有二百四十里，但这二百四十里路并非一马平川，而是高低起伏的陡峭山地，稍有不慎就有可能跌入波涛汹涌的大渡河。当时的红军经历长途跋涉，而且每个人都背负着枪支弹药和随身干粮，如此疲惫的身躯，要在如此险峻的山路上全速负重前行，这几乎是不可能完成的任务！

但红四团做到了。他们在团长黄开湘、政委杨成武的带领下，昼夜不停奔袭泸定桥，终于在5月29日凌晨6时赶到。此时的泸定桥已被敌人破坏，原本的木板桥面已被拆去，只剩十三条玄黑冰冷的铁索链在浪高风急的大渡河上晃悠。

敌人已在桥对岸修建起了碉堡，黑洞洞的枪口对准了红军。

"死，就在前面；生，也在前面！同志们，蒋介石想让我们像石达开一样，在这里被围困致死，大家同不同意？"政委杨成武像一堵威严的墙，站在全体官兵面前。战士们义愤填膺地高呼："冲过去！决不让老蒋得逞！"

随即，三营二连接到命令组织突击队，挑选了二十二名勇士。虽然明知道这次任务是九死一生，但大家都抢着报名，唯恐因自己不够英勇而落选。突击队队长为廖大珠，挑选的队员都是历次战斗中有出色表现的战士，其中年龄最小的突击队队员才十六七岁。

5月29日下午4时许，团长黄开湘发出命令："夺桥之战现在开始！突击队在前，二连在后面铺桥板，他们前进一尺，你们就铺一尺，三连负责发起最后的冲锋！"

冒着桥对岸的枪林弹雨，二十二名勇士出发了！他们腰间别着手榴弹，横卧在冰冷的铁索上匍匐前进。敌军的子弹贴着头皮呼啸而过，打得铁锁链哗哗作响，突击队员们边拿着盾牌抵挡子弹，边用冲锋枪朝敌人扫射。跟在后面的战士则一边前进一边铺桥，有的战士刚铺好一块木板，就被子弹打中掉到大渡河中。眼看战友被湍急的河流冲走，战士们带着刻骨的仇恨，冲锋的势头更猛了！

桥对岸的敌人将抹上煤油的铁索点燃，突击队瞬间被火海包围。此时，团长黄开湘命令全团的几十个号手一起吹响冲锋号，并下达猛攻命令："集中所有火力，压制对岸！"政委杨成武翻身跃出指挥所，冲上铁

向死而生，浴血荣光

索桥，振臂高呼："这是胜利的最后关头，同志们，冲啊！"突击队队长廖大珠第一个冲进火海，紧接着，其他队员也陆续冲进火海。当他们终于抵达桥头时，已经牺牲了四名勇士，幸存下来的十八名勇士继续发起猛攻。

眼看红军攻势越来越猛，敌军招架不住了，要求增援，但大部队已撤入汉源。敌军第十团团长朝自己胳膊开枪，扮成伤员逃离一线。群龙无首的敌军乱作一团，守桥敌军全线溃退。曾经被蒋介石认为不可逾越的坚固防御，瞬间土崩瓦解；曾经被蒋介石打算安葬于此的中央红军，仅仅用了两个多小时，就成功夺取"天堑之险"泸定桥，打开了红军北上抗日的通道，谱写了中国革命史和世界军事史上"奇绝惊险"的战争奇迹。

阅读启示

飞夺泸定桥的精神实质就是"飞夺精神"，飞夺泸定桥突破了人的体力极限、心理极限和生命极限，是体现中国工农红军意志的战斗。这项壮举昭示着中国共产党人决不放弃的理想信念以及勇毅当先的顽强作风，激励着我们不断前进。

飞夺泸定桥二十二勇士：奇绝惊险泸定桥

拓展延伸

在飞夺泸定桥纪念碑广场，矗立着二十二座纪念碑，但只有五座刻有勇士的名字，其余十七座都是无名碑。自20世纪70年代，党和人民就开始寻找这些勇士的下落，到目前，只有五位可以确定身份，其他十七座无名碑仍在等待英雄的音讯。

|向死而生，浴血荣光

黄开湘：斧头将军　开路先锋

说起飞夺泸定桥，大家就会想起二十二勇士；说起腊子口之战，大家就会想起天降神兵"云贵川"。然而，这两场著名战役的指挥员却因为英年早逝，沉没在历史的尘埃中。人们只能从杨成武将军的回忆录中依稀看到他曾经英勇善战的身影，他就是红四团团长黄开湘。

1901年，黄开湘出生于江西弋阳县漆工镇，与书写

黄开湘：斧头将军　开路先锋

《可爱的中国》的方志敏是同乡。黄开湘的母亲是方志敏的堂姑，方志敏与黄开湘从小玩到大，两人感情深厚。

箍桶匠出身的黄开湘自幼习武，身高一米八的他臂力惊人，挥起斧头来虎虎生风。1926年，方志敏在家乡开展农民运动时，黄开湘便利用自己的木匠身份走街串巷，协助方志敏秘密开展工作。

1929年的初春，他陪同方志敏出席德兴县第一届工农兵代表大会。他俩扮成上山砍柴的村民，从弋阳磨盘山出发，到达白马岭时，被当地靖卫团拦住。敌军头目一番盘问后，正准备放行，突然有人惊叫起来："他就是方志……"那个"敏"字还没说出口，黄开湘提起斧头就朝那个团丁的脖子横劈过去，说时迟那时快，此人脑袋瞬间搬家，哼也没哼就一命呜呼。

敌军头目当场吓傻，黄开湘的那把斧头又抵到了他的喉头："快让你的手下放下武器，否则你这颗脑袋就是一样的下场！"不费吹灰之力，敌军就乖乖投降。这个故事在当地广为流传，那时作战武器缺乏，战斗常常在肉搏中进行，黄开湘凭着一把斧头鏖战赣东北，被称为"斧头将军"。他还被任命为红十军参谋长兼第八十二团政委。

1930年7月，在智取景德镇的战斗中，换上国民党

向死而生，浴血荣光

保安团旗帜的红军本来已经取得敌军信任，然而正当城门打开时，红军中的几个俘虏突然大叫，敌军又慌忙要关上城门。说时迟，那时快，扮成敌团副的黄开湘大喊一声，迅速将一把斧头插进了两扇门之间的缝隙，使得城门不能关闭。战士们纷纷从门缝往里投手榴弹，几声轰响后，敌军一片狼藉，纷纷逃窜。红军高歌猛进攻入景德镇，缴获了一批枪支弹药以及大量黄金、银圆。在第四次反"围剿"战斗时，黄开湘冒着生命危险为中央苏区送上黄金、银圆、药品，周恩来紧紧握着他的手表示感谢："早就听闻你作战勇猛，我把这块手表送给你，算是为'斧头将军'添置一下军备。"朱德则将自己的一支德国产手枪赠给了他，并说："今后就不要用斧头肉搏了！"黄开湘深受感动。这两件礼物成了他随身携带的物品，陪伴他立下无数战功。

长征中，黄开湘率领的红四团被毛泽东称为"开路先锋"，只要黄开湘一声令下，就是刀山火海，战士们也决不回头，这与黄开湘的领导密不可分。他严中有慈，十分关爱和体恤战士，飞夺泸定桥二十二勇士之一的李友林此前在一次战斗中腿部受伤，黄开湘便让他先养伤，等伤口痊愈后再上战场。所谓"养兵千日，用兵一时"，报名参加飞夺泸定桥突击队时，李友林奋勇争先："团长对我这么好，我一定不怕牺牲，奋勇出

黄开湘：斧头将军　开路先锋

击！"很快，报名的人就远远超过了二十二名。战士们跟随团长黄开湘勇做先锋，逢山开路，遇水搭桥，披荆斩棘，所向披靡！

1935年中央红军与陕北红军在吴起镇（今吴起县）胜利会师后，红四团政委杨成武与团长黄开湘受邀参加全军的干部大会，回来的路上遇到大雨，他们一路快马加鞭，刚回驻地便由于伤寒双双病倒。杨成武留在团里养病，处于昏迷状态的黄开湘被送到医院治疗，但因缺少药物，长期风餐露宿又过度劳累的黄开湘终究没能挺过去。多日高烧的他常常神志不清，昏迷中他打响了他的左轮手枪，子弹击穿了他的头颅。1935年11月，黄开湘长眠于甘泉县洛河之畔，年仅三十四岁。

阅读启示

黄开湘是长征路上的"开路先锋"，他平时爱兵惜兵，战斗时一声令下，即使是刀山火海，战士们也在所不辞！他带领战士们冲锋在前，历次攻坚克难，以必胜之心，置之死地而后生，短暂的一生立下不朽战功。这种大无畏的革命精神值得我们铭记！

向死而生，浴血荣光

拓展延伸

黄开湘一家五英烈，至今没有找到遗骸。黄开湘的妻子死于寻夫路上，他们的女儿直到20世纪80年代看到杨成武将军的回忆录，才得知父亲五十多年前已经牺牲。2021年5月30日，《延安日报》刊登《寻找黄开湘 让英雄回家》一文，此文掀起了一场寻找英雄的活动。黄开湘家乡弋阳县的相关人员来到甘泉县、吴起县，大家都有着共同的想法：先烈为国捐躯，祈盼早日回家！

方志敏：为了"可爱的中国"

"朋友，中国是生育我们的母亲。你们觉得这位母亲可爱吗？我想你们是和我一样的见解，都觉得这位母亲是蛮可爱蛮可爱的。"一提起这篇耳熟能详的文章，大家立马就能想到其作者——方志敏。这篇文章就是他在狱中戴着镣铐写下的，字里行间流淌着共产党人对理想信仰的执着坚守。一个身怀赤子之心的民族英雄，革命之路却是从"两条半枪闹革命"开始的。

向死而生，浴血荣光

方志敏的家乡漆工镇，苛捐杂税多如牛毛，官员和地主狼狈为奸，老百姓生活在水深火热之中。漆工镇警察派出所的巡官姓余，是这一带的独裁魔头，人称"余麻子"。他暗地里勾结当地人称"北乡王"的土豪张念诚，两人贪赃枉法、鱼肉百姓，穷人们提起他们都咬牙切齿，民愤已经达到了极点。

在北伐战争的影响下，农民协会的发展势如破竹。时任江西省党部农民部长的方志敏号召各地农会抓住北伐军到来的有利时机，积极组织武装斗争，打倒土豪劣绅，夺取地方政权，实现"一切权力归农会"。

当夜，方志敏就组织了二百多名贫苦农民，他鼓舞他们说："大家团结一心，与其被苛捐杂税逼迫至死，不如起来抗争一把！"这话说到了大家的心坎上，农民们一呼百应。半夜时分，方志敏带领大家举着火把，手执大刀，在排山倒海的怒吼声中冲进了派出所。值班警察正在打麻将，毫无防备的他们被来势汹汹的农民一举拿下。农民们越战越酣，趁此砸毁了派出所的牌子，并缴获了两条半枪：一条"汉阳造"，一条"双套筒"，还有半条"九响毛瑟枪"。"九响毛瑟枪"之所以被称为"半条"，是因为少了半截枪管，没有退子弹的钩子，只能算半条。这就是赣东北人民争相传颂的方志敏"两条半枪闹革命"的故事。

方志敏：为了"可爱的中国"

暴动的胜利极大地震慑了土豪劣绅，"北乡王"张念诚东拼西凑，弄了一个四百余人的"靖卫团"，企图镇压农民暴动。得到消息的方志敏对大家说："狭路相逢勇者胜！'北乡王'远道而来，想必劳乏，而我们占据天时地利，一定可以击败他们！"他率农民自卫军在距离漆工镇百里处的山林设下埋伏。

"北乡王"这边，其实张念诚一开始根本没有把农民自卫军放在眼里，在他看来，这只是一群乌合之众，何须兴师动众？他自己的队伍则松垮散漫，行军前后拉得老长，大概有数百米。这时他还盘算着这场战斗会赢得很轻松，完全没有料想到山林里已经布下伏兵。

看到这群散兵游勇后，农民自卫军信心倍增。方志敏指挥农民们集中兵力，从中间拦腰截断敌人，使其首尾难顾，并瞅准时机一声令下："冲啊！"在奋勇冲锋的同时，方志敏让一小部分农民在山林里摇旗呐喊、燃放鞭炮，听上去仿佛满山皆伏兵，到处是枪声。

敌人一下子被打蒙，那好不容易聚集起的一点斗志顿时化为乌有，往田野里四处逃窜。手中只有大刀长矛的农民自卫军几乎没遇到任何抵抗，就将这些俘虏收入囊中。经此一战，农民自卫军不仅缴获了大批武器枪支，还生擒了轻敌的"北乡王"张念诚。漆工镇暴动为赣东北各县农民运动树立了光辉典范，方志敏由此走上了一条"工农武装割据，武装夺取政权"的革命道路。

向死而生，浴血荣光

阅读启示

入狱后，方志敏写下了一篇《清贫》，清贫也是他一生最鲜明的品格，更是中国共产党的传家法宝。什么是老一辈共产党人的爱和憎？什么是真正的穷和富？什么是人生最大的快乐？什么是革命者的伟大信仰？人到底怎样活着才有价值？方志敏用自己的人生给出了答案。

拓展延伸

方志敏，无产阶级革命家、军事家、杰出的农民运动领袖，赣东北和闽浙赣革命根据地的创建人。1924年加入中国共产党。1928年，参与领导弋横起义，创建赣东北革命根据地。先后任红十军、红十一军政治委员，中共闽浙赣省委书记。他把马克思主义与赣东北实际相结合，创造了一整套建党、建军和建立红色政权的经验，毛泽东称其创建的根据地为"方志敏式"根据地。1935年1月29日，方志敏不幸被捕，8月6日牺牲，年仅三十六岁。2009年，方志敏被列入"100位为新中国成立作出突出贡献的英雄模范人物"。

吴焕先：红二十五军"军魂"

1924年的腊月，一位放寒假的青年学生回到家，拿出一幅大胡子洋人的画像，贴在家中敬神的供桌上方。父亲看到后火冒三丈，让他赶快扯下来。青年向父亲认真地辩解说："这个大胡子叫马克思，是无产阶级的革命导师，他能领导咱们开辟出一个新的社会！"

这个对马克思奉若神明的青年叫吴焕先，他很早就接受了马克思主义的洗礼。1925年，吴焕先加入中国

向死而生，浴血荣光

共产党，受党组织委派，回到家乡发动农民运动。一天，他把自家的佃户、债户召集起来，当面跟他们讲道："各位父老乡亲，从今以后，你们谁种我家的田，这地就归谁所有；你们谁欠我家的租子，连本带利统统勾销！今天咱们就来个了断！"说着，当场就划着了火柴，把一摞契约和借据烧了个干干净净！

吴焕先激进勇为焚烧契约的事传扬开来，穷人们对他千恩万谢，却激起了地主恶霸的极端仇恨，他们扬言要血洗吴焕先一家！这场突如其来的屠杀，在1927年3月18日的《汉口民国日报》上被披露："吴焕先家内大小六口被杀尽……"血海深仇让吴焕先的眼泪都滴出血来，但哭不会让地主恶霸发慈悲，只有武装组建农民队伍，抓起革命的枪杆子来，才能为亲人复仇。安葬了亲人，吴焕先召集农民开会，慷慨激昂地表示："革命革到底，至死不回头！"

1935年1月9日，吴焕先率领红二十五军，一举攻克镇安县城，从此创建了鄂陕边第一块革命根据地。新的武装割据局面使得蒋介石大为震惊，他慌忙集结了三十多个团的兵力，统一由杨虎城指挥，向二十五军发动第二次"围剿"，限令三个月内将红军全部歼灭。

第二次反"围剿"迫在眉睫！吴焕先在九棵树吴家大院召开重要会议，决定采取"诱敌深入、先疲后打"

的战略方针，伺机歼灭敌人。荆紫关为鄂豫陕三省边界要地，更是敌四十四师的后方临时补给站。红军手枪团化装成敌军一支小分队，直奔荆紫关城下。穿越敌人外围的警戒线时，手枪团被稀里糊涂的敌军误认为"同党"，因此受到敌军警戒分队的列队迎接，抵近城下时敌军才有所发觉。回过神来的敌军急忙关闭城门，仓促开火抵抗，但这时红军主力已经赶到，第一时间搭成"人梯"，并强行登上城头。面对我军的猛攻，守敌溃不成军，四散逃窜。

红了眼的敌军后援怒向荆紫关直扑而来，吴焕先指挥战士们甩开密集之敌，沿着鄂陕交界的崎岖山路，每日以一百余里的行军速度，步履不停地向西挺进。一路上天气炎热，行军紧急，十分辛苦，有些指战员表现出一些疲乏情绪，私下议论："荆紫关一战已消灭了敌人的补给站，为什么不乘胜追击干到底？现在又甩开膀子磨脚板，这是要跑到哪里去？"奔前忙后的吴焕先体察到大家的情绪，耐心解释道："什么叫作'飘忽战术'？不是跟敌人硬拼，而是忽南忽北，忽东忽西，牵着敌人的鼻子走。我们跑到一定时候，把敌人拖疲了、拖垮了，回过头再打！"这番话让大家心里亮堂了，行军更加神速："政委的号令，总能让大家获得信心和力量。"作为红二十五军政委，吴焕先以卓越的战略才能

向死而生，浴血荣光

及坚强的战斗意志深受全体指战员爱戴，被公认为红二十五军的"军魂"。

就这样，红二十五军于鄂豫陕三省边界地区神出鬼没、所向披靡，先后取得奔袭荆紫关、袁家沟口歼灭战等一系列胜利。1935年7月，吴焕先率领红二十五军横扫焦岱，威逼省城西安，有力策应了中央红军北上的行动。

阅读启示

吴焕先胸怀全局、无私无畏、指挥若定、身先士卒，被誉为红二十五军"军魂"。他的事迹告诉我们，无论处于何种环境，都要坚守初心、勇往直前，为实现理想和目标不懈努力。

拓展延伸

吴焕先，黄麻起义的领导人，鄂豫皖、鄂豫陕革命根据地的创建者，红二十五军的缔造者和主要领导者。1935年8月，在甘肃泾川县四坡村战斗时不幸中弹牺牲，年仅二十八岁，是中国工农红军在长征途中牺牲的高级将领之一。2009年，吴焕先被列入"100位为新中国成立作出突出贡献的英雄模范人物"。

朱云卿：黄洋界上炮声隆

毛泽东写井冈山的第一首诗是《西江月·井冈山》："山下旌旗在望，山头鼓角相闻。敌军围困万千重，我自岿然不动。早已森严壁垒，更加众志成城。黄洋界上炮声隆，报道敌军宵遁。"这首激情昂扬的诗是毛泽东为了称赞一次以少胜多、以弱胜强的著名战役——黄洋界保卫战而作，而这次战役的指挥者就是朱云卿，当时年仅二十一岁的红四军三十一团团长。

向死而生，浴血荣光

1907年，朱云卿出生在广东，父亲是一名私塾先生。他自幼听着辛亥革命和孙中山的故事长大，早就萌生了救国救民的想法。他虽然十几岁时就跟随叔父去印度尼西亚打工，但始终心系祖国，听闻孙中山创建黄埔军校后，他瞒着叔父回国报名，并如愿考入黄埔三期。

1925年10月，朱云卿参加第二次东征。在战斗中他机智勇敢，得到周恩来的赞赏，并于这一年被吸收加入中国共产党。毕业后的朱云卿来到韶关，负责主办北江农军学校。1927年，参加秋收起义的朱云卿随部队进入井冈山。红四军正式成立之后，朱云卿担任红四军三十一团团长。

1928年8月，趁着朱德率领红四军去湘南，毛泽东率领大部队前往接应，井冈山只留少量部队之际，国民党集中兵力向井冈山发动第二次"围剿"。国民党认为，这正是击溃井冈山根据地的一个绝好机会。

危急时刻，朱云卿立即召开会议："大家不要慌，我们要利用黄洋界的天险，迎击来犯之敌！"在他的率领下，红军和当地群众、赤卫队员齐心协力，共御强敌，仅用一个晚上的时间，就设计实施了黄洋界哨口的五道方案：第一道竹钉阵，第二道壕沟，第三道竹篱笆围栏，第四道檑木滚石，第五道战壕与火力点。

8月30日上午8时，敌军沿着一条山间小道，向黄洋

朱云卿：黄洋界上炮声隆

界发起进攻。红军仅有两个连把守在这里，虽然弹药稀少，但战士们沉着应战，把敌军放到距己二十多米的地方才开火。在一片枪林弹雨中，敌军发出声声哀号，原来他们踩到了竹钉。跟在后面的敌军迂回到草丛里，却同样难以幸免。溃败的敌军稍作休整又发动进攻，这时檑木滚石阵拉开了序幕。只见数根比水桶粗的木头带着火苗从山顶上滚落下来，砸得敌军哇哇乱叫、四散逃窜。凭借黄洋界的天险地形以及早就布设下的防御工事，朱云卿带领红军战士顽强击退了敌军的三次进攻。

下午4时左右，不甘心的敌军又发起了更加猛烈的进攻。眼看敌人离哨口越来越近，而红军弹药即将用尽，朱云卿眉头紧锁。这时一名战士跑来汇报说："团长，迫击炮已修好！是否扛到战场？"朱云卿立马精神一振："将迫击炮抬上黄洋界！"

此时炮弹仅存三发，因天气潮湿，前两发都成了哑炮，就剩最后一发了。一营营长陈毅安向朱云卿请示："团长，我是黄埔军校炮科出身，让我来试试吧！"朱云卿点头同意了。陈毅安亲自操炮发射，经过他的精确计算，迫击炮瞄准了敌军指挥部。只听朱云卿一声令下："打！"最后一发炮弹直奔敌巢，只听一声巨响，敌军指挥部顿时化作了一团黑云。

此时，埋伏在山间的赤卫队员和群众奋勇出击，妇

向死而生,浴血荣光

女儿童将铁皮桶里的鞭炮点燃,霎时间,摇旗呐喊声在山间回荡,与枪炮齐鸣。漫山招展的红旗与鼎沸的人声将敌军团团包围,脑袋直蒙圈的敌军误以为是红军主力打回来了,顿时丢盔卸甲、狼狈逃窜。而已走到半路的敌军后援一听说前面已撤,也立马调转方向逃往永新。黄洋界保卫战取得最后的胜利!

阅读启示

朱云卿早年寄居海外,但心系祖国。参加革命后,他能征善战、机智果断。由他指挥的黄洋界保卫战取得了重大胜利,保住了中国共产党领导创造的第一个农村革命根据地,守住了中国革命的星星之火,还调动了人民群众的力量,使革命的火种在闽西赣南形成燎原之势,对中国革命和红军的发展具有重要意义。他将个人理想与祖国和人民紧密相连的精神,将激励着我们前行。

拓展延伸

朱云卿,中央红军第一任总参谋长,鏖战于井冈山,驰骋于赣闽粤,1931年5月在医院被叛徒杀害,年仅二十四岁。朱德在为朱云卿写的传记中这样评价他:"诚中国有用人材,我党不可多得的军事干部。"

刘畴西：独臂将军　伟大英烈

1925年3月，刘畴西参加了讨伐陈炯明的东征战争，在棉湖西北山地与敌林虎部血拼。一颗流弹不幸击中了他的左臂，顿时鲜血染红了袖襟。简单包扎后，他继续冲锋作战，最终因静脉破裂、血管溃烂，失去左臂。战友们很难过，他却斩钉截铁地说："为了打倒军阀，性命尚可牺牲，割掉一臂又何妨？我一只手也能干革命！"

向死而生，浴血荣光

1897年3月28日，刘畴西出生在湖南一个农民家庭。那里环境幽雅、风景秀丽，距离湘江仅40公里，至今仍然流传着刘畴西的故事。

刘畴西1920年考入湖南省立第一师范学校，1922年加入中国共产党，1924年5月投笔从戎成为黄埔军校一期学员，参加了平定广州商团叛乱的战斗，开启了叱咤风云的革命生涯。

1927年，刘畴西参加了著名的南昌起义，1929年赴苏联伏龙芝军事学院学习，1930年8月回到中央革命根据地任红一军团第三军第八师师长，红八师曾被中央表彰为"追如猛虎，守如泰山"。1931年冬，刘畴西在中央军事政治学校任政治部主任兼军事教员，他将在苏联学到的军事理论与苏区反"围剿"斗争经验相结合，深入浅出地传授军事知识，为红军培养了近六千名军事干部。

1934年1月，刘畴西当选为中华苏维埃共和国中央政府执行委员，当年8月被授予二级红星军功章。

由于受"左"倾冒险主义错误路线影响，红军第五次反"围剿"失利，主力被迫向西突围开始长征。留在中央苏区的队伍是由寻淮洲的红七军团和方志敏的红十军合编的红十军团，刘畴西任军团长，于杨家门设伏歼敌一个团，取得了保卫弋阳、上饶苏区的部分战斗的胜利。为了打掉尾随之敌——蒋介石的嫡系悍将王耀武,并获得人员和物资补充,红十军团决定在谭家桥伏击王耀武带领的补充第一旅。

寻淮洲、粟裕都认为,伏击的任务应由作战经验丰富的红十九师主要负责,刘畴西则坚持要此前击败过王耀武部的红二十师打主攻。谭家桥战役异常惨烈,最终红十军团的正面和左侧受到敌人猛烈进攻,惨遭失败,伤亡巨大。红十军团决定南下,主力在怀玉山被国民党军十四个团重兵包围。红军战士浴血奋战,终因敌众我寡,弹尽粮绝,未能突围。刘畴西的右臂被击中,与方志敏先后被俘。

念及刘畴西是黄埔一期学生,及他在棉湖之役的英勇表现,蒋介石妄图劝降他。刘畴西大义凛然:"你们可以砍下我的头颅,绝不能动摇我的信仰!"面对敌人的严刑拷打,刘畴西不屈不挠:"共产党员是不怕牺牲的!"方志敏在《可爱的中国》里面记录了刘畴西英勇不屈的故事,刘畴西曾在狱中对难友们说:"脖子伸硬些,挨它一刀,临难无苟免!"

得不到任何有意义的情报,蒋介石恼羞成怒,最终下达了"秘密处死"的指令。走向刑场的刘畴西与一起赴难的方志敏等战友连声高呼:"中国苏维埃万岁!""红军万岁!""中国共产党万岁!"

向死而生，浴血荣光

中华人民共和国成立后，长沙县人民政府给刘畴西的遗孀送去了"伟大英烈"的金匾。

阅读启示

刘畴西早年求学时不断追求进步，后投笔从戎，在战斗生涯中英勇善战、敢打硬仗，在保卫苏区的历次战斗中展现了一名共产党员的革命精神。在被捕之后，他大义凛然、威武不屈、毫不畏惧，体现了一名共产党员的高尚品格与不怕牺牲的精神。

拓展延伸

刘畴西，毕业于黄埔军校、莫斯科伏龙芝军事学院，1922年冬加入中国共产党。中国共产党早期军事领导人之一，曾参加过五次反"围剿"战役，骁勇善战，屡立战功，威震敌军，被苏区人民誉为"独臂英雄"。

罗南辉：机智英勇　喋血长征

徐向前元帅当年这样评价罗南辉："罗南辉同志是红军中一位优秀指挥员。他的牺牲是我军的一大损失。南辉同志为党献身的精神比华家岭高，南辉同志的英名与华家岭共存！"

罗南辉于1908年出生在四川一个农民家庭，祖上世世代代为农，早年的他曾在成都一家水烟铺做工，尝遍底层人民生活的艰辛。由于军阀混战，民不聊生，

向死而生，浴血荣光

十八岁的罗南辉进入川军江防军第七混成旅当兵，主要从事部队兵运工作。这支队伍里安插了很多共产党员，他们让罗南辉深刻感受到共产党的革命宗旨和信仰是真正为了人民群众，不久后他也秘密加入中国共产党。罗南辉善于团结士兵，在战士们中威望甚高，他组织成立了"士兵联合会"，展现出成为一名优秀军官的天赋。

第七混成旅代旅长旷继勋也被秘密发展成为共产党员，旅政治部主任秦青川则是组织上安排潜入敌部队内部的党员干部，这支队伍的"底色"很快被地方军阀警觉。旷继勋审时度势，选择果断出击寻找机会，率全旅官兵于四川遂宁、蓬溪交界处的大石桥举行起义，罗南辉因表现出色被任命为营长。1930年，罗南辉参与领导在汉州（今广汉市）的武装起义，因为距离大城市成都较近，很快就遭到了敌人的重兵围困，起义惨遭失败。

之后，罗南辉去了中共四川省委工作。此时很多同志对革命失去信心，选择叛党投敌，出卖革命同志，一时间组织遭受很大破坏。中共四川省委成立特工科，由罗南辉负责锄奸行动，一个多月的时间，便清理掉大量叛徒。1930年年底，中共川东省委遭到敌人突击，特委书记陈进壮烈牺牲。罗南辉调任中共川东特委军委书记,刚到川东特委所在地万县联络点,便因叛徒出卖遭到国民党当局逮捕。他淡定自若,毫不犹豫地承认自己是共产党员,并且很随意地说自己就是一个交通员。特务们看着眼前这个衣衫褴褛、面黄肌瘦的年轻人,怎么看也不像领导干部。

特务们没有放弃,指了指旁边的刑具:"招了吧!为什么来万县?要不然就得受些皮肉之苦了!"罗南辉深知万县不会有人认识他,立马装出一副无辜且紧张的神情:"我之前就是在水烟铺做工的,一直给老东家送货,后来听说给共产党员当交通员挣钱多,家里穷,就来做了。"丧心病狂的敌人还是对他进行了严刑拷打,但他始终坚持开始时的回答,而且表现得很没骨气,不停地哭爹喊娘求饶。一年后,他找狱友帮他写了一封信,请求不要放他出去,因为监狱里"有吃有喝"。狱长愤怒地说:"把他放出去,别再浪费粮食了!"最终罗南辉被释放。

1933年10月,川军发动由一百一十个团二十余万人展开的"六路围攻",妄图在三个月内将红四方面军消灭于川陕边境。已任新成立的中国工农红军第三十三军副军长的罗南辉担任前线指挥,率部连续打退敌人的二十余次轮番进攻,歼敌四个团,俘敌近两千人,后以

向死而生，浴血荣光

两个团兵力与川陕边反动武装交战，取得五战五捷、歼敌五千余人的赫赫战功。

1935年5月，罗南辉参加了万里长征，任第三十三军军长，在藏区严格执行党的民族政策，积极开展群众工作，为部队筹集了大量粮草。1936年1月，罗南辉担任红五军副军长，多次阻击敌人，被毛泽东誉为"铁流后卫"。

1936年10月，为了阻挠红军三大主力会师，蒋介石开展"通渭会战"计划，在华家岭对红五军展开猛烈进攻。罗南辉亲临前线指挥，胸部、头部不幸被炮弹炸伤，但他仍坚持在担架上指挥战斗。10月23日，一枚敌机炮弹落在了指挥部，罗南辉壮烈牺牲，后葬于会宁县大墩梁。

阅读启示

罗南辉出身穷苦，从小感受到民间疾苦，迫于生计从军入伍。在部队中，他更加坚定了革命理想和信念，并加入中国共产党。他一生很短暂，却不断追求进步，在大是大非面前展现出了大智大勇。虽然牺牲在长征胜利的前夕，但他的精神和事迹永远鼓舞着后人。

罗南辉：机智英勇　喋血长征

拓展延伸

罗南辉，1927年加入中国共产党，是红军时期杰出的军事指挥官。他在士兵中有着非常高的威望，团结了一大批士兵和下级军官，在军中有"兵中之王"称誉。20世纪80年代，甘肃会宁县人民政府修建了大墩梁红军烈士纪念碑，以缅怀这位传奇名将。

| 向死而生，浴血荣光

毛泽覃：红星奖章　血染红林

1959年毛泽东回到韶山时，在上屋场旧居屋里看到毛泽覃的遗像，心绪难以平静："他很聪明，他的胆量比我还大哩！""我的弟弟是个坚定的共产主义战士！"这是毛泽东对弟弟毛泽覃的评价。1973年10月，邓小平到韶山考察时见到了昔日战友毛泽覃的照片，感慨万千："毛泽覃是个好同志，他是我军早期的一位猛将！"

毛泽覃：红星奖章　血染红林

1905年9月25日，毛泽覃出生在湖南，八岁在村里读私塾，十三岁来到长沙，进入湖南第一师范附属小学学习，毕业后进入长沙私立协均中学就读。受毛泽东的影响，毛泽覃开始接触马克思主义，1922年底，在毛泽东的推荐下进入湖南自修大学附设补习学校继续学习，1923年加入中国共产党，担任社会主义青年团地方执行委员会书记。与此同时，在毛泽东的引导下，毛泽覃开始参与湖南工人运动，他积极与工人打成一片，宣讲孙中山先生联俄、联共、扶助农工的"三大政策"，并在水口山铅锌矿区领导工人罢工，最终取得胜利。

1927年，毛泽覃跟随叶挺领导的"铁军"参加南昌起义，担任第十一军第二十五师政治部宣传科科长。可以说，毛泽覃是毛氏三兄弟中走向武装斗争的第一人。

由于反动军队凶猛地围追堵截，起义部队被打散了，毛泽覃投奔了朱德、陈毅的队伍，这支队伍在闽粤赣湘边界穿插迂回，与国民党反动派军队进行周旋。得知毛泽东在井冈山建立根据地后，朱德、陈毅派毛泽覃伪装成国民党副官到井冈山茶陵与毛泽东接头，"朱毛"得以取得联系。毛泽东派队伍下山迎接南昌起义部队，"朱毛"胜利会师，从此名闻天下，令敌人闻风丧胆！

1928年初，毛泽东、张子清带领工农革命军闪电占

向死而生，浴血荣光

领遂川城，毛泽覃参加了这次战斗。队伍进入遂川城后，毛泽覃积极开展群众工作，挨家挨户地走访，打消乡亲们对共产党的疑虑，使群众慢慢认可工农红军。按照毛泽东的要求，毛泽覃在位于井冈山的桥林乡至黄洋界一带建立了革命根据地，并很快把有觉悟、追求进步的贫苦农民动员组织起来，建立了当地第一个农村党支部，他担任党支部书记。桥林乡根据地的快速发展有力地巩固了井冈山的西北大门。"越是困难的时候，越要遵守群众纪律，才能得到群众的真心拥护。"毛泽覃这样要求队伍，也这样要求自己。

毛泽覃参加了保卫井冈山的斗争，并在五次反"围剿"斗争中英勇善战，是红军优秀的指挥员。1933年8月1日，毛泽覃荣获中央军委颁发的二等红星奖章。红军主力长征后，毛泽覃坚持留下，在闽赣边界的崇山峻岭中艰难开展游击战争，面对敌人军事和经济的双重封锁，只能靠水煮野菜充饥，"囊中存米清可数，野菜和水煮"。

1935年4月25日，在敌人的围追堵截中，毛泽覃率领被打散的部分游击队员，翻山越岭来到了江西瑞金县（今瑞金市）红林山，留宿在山上的黄田坑村。第二天天刚亮，村里便响起了密集的枪声——敌人已经将村子团团包围了！毛泽覃主动站出来，带领一小队人马，依

毛泽覃：红星奖章 血染红林

托高地掩护队伍撤退。战友们安全转移了，毛泽覃却被子弹射中了右腿。他顾不上包扎，继续向敌人射击，敌人的子弹像疯了一样扫射过来，先射中了他的左腿，又打穿了他的胸膛，血染红林……毛泽覃忍着剧痛掏出那枚红星奖章，悄悄地放在大石头底下。

1974年4月的一天，当地村民在开山起石的时候，发现了这枚红星奖章，毛泽覃烈士的英雄故事也被广为传颂。

阅读启示

毛泽覃牺牲的时候年仅三十岁，短暂的生命并不能掩盖其英雄的光芒。他从少年时代求学开始，就追求进步和荣誉，跟随毛泽东主动接触马克思主义，主动深入群众，与人民群众打成一片。直到生命的最后，他还在奋力掩护战友。他身上的英雄主义精神值得我们敬仰和学习！

拓展延伸

毛泽覃，1923年加入中国共产党，是红军优秀的指挥员。他牺牲后，当地群众为了缅怀他的丰功伟绩，将他牺牲的地方改名为泽覃乡。2009年，毛泽覃被列入"100位为新中国成立作出突出贡献的英雄模范人物"。

|向死而生，浴血荣光

李明瑞：北伐虎将　千里来龙

在广西北流清湾镇侯山村，坐落着一座"虎将堂"。一百多年前，从这里走出去一位被称为"北伐虎将"的红军将领——李明瑞。1929年，李明瑞与农民运动领袖韦拔群共同领导了百色起义，如今矗立在广西南宁南湖公园的纪念碑，就记录了这段血与火的革命赞歌。

1896年11月9日，李明瑞出生在一个贫苦农民家庭。六岁那年，父母带他投奔外婆家。儿时的岁月里，

李明瑞：北伐虎将　千里来龙

他和表兄弟俞作柏、俞作豫一起长大，形影不离，这段缘分也改变了李明瑞以后的人生道路。1918年，李明瑞通过表兄俞作柏介绍，进入滇军讲武堂韶州分校第一期炮科班学习，两年后，他以优异的成绩从这里毕业，成了"讨袁"护国军第二军俞作柏连的一位排长，正式开启了戎马生涯。

北伐战争开始后，李明瑞任国民革命军第七军第一旅旅长，转战于赣、湘、苏等省，连战连捷。1927年，北洋军阀孙传芳等攻打南京，龙潭、栖霞山等地失守。李明瑞又临危受命，果断进攻栖霞山高地，一举拿下制高点，打垮了孙传芳的主力部队。经此一役，国民革命第七军被称为赫赫有名的"钢军"，而李明瑞也成了威慑四方的"虎将"。

北伐期间，曾与共产党人并肩战斗过的李明瑞目睹了他们一心救国的作为，在思想上逐步倾向于共产党。1929年6月，升任广西绥靖司令的李明瑞主动联系共产党要求合作，党中央即派邓小平同志前往广西开展工作。同年8月，广西第一次农民代表大会在南宁召开。韦拔群见到李明瑞说："此次来参加省农代会，我受同志们的委托，请求给予一点武器支援。"李明瑞大手一挥，慷慨地说："给！但凡是农民运动所需的，我们都给！"韦拔群高兴地告辞了。李明瑞立即写信从东兰、

向死而生，浴血荣光

凤山调来三百多农军，从南宁领取三百多支枪、两万多发子弹，编成三个连，还对农军进行了短期训练。

1929年底，百色起义爆发，中国工农红军第七军诞生。1930年6月初，桂系军阀岑建英乘虚而入侵占百色城，并建有多处碉堡，防御工事坚固。李明瑞、张云逸率红七军两个纵队齐头并进，向敌人发起勇猛进攻，一鼓作气攻占了许多小碉堡。岑建英亲自指挥的一撮敌军盘踞长蛇岭碉堡，疯狂朝我军扫射，造成前进路上的极大阻力。李明瑞、张云逸亲临阵地观察后，决定改用炮攻。

当时全军只剩下三发炮弹，怎样利用这仅有的弹药给敌军以致命打击呢？这时，讲武堂炮科出身的李明瑞站了出来，他测定距离，亲自校正瞄准并指挥射击。轰！轰！轰！三声巨响，三发三中！敌人那牢不可破的碉堡瞬间被炸毁。我军乘势而上，攻下碉堡，分路进城，战斗大获全胜！

1930年11月，红七军和红八军一部在河池整编决定北上。李明瑞、张云逸率领主力从河池出发，转战于桂、黔、粤、湘、赣五地，历时数月，跋涉数千里，历经梅花村激战、强渡乐昌河和崇义突围等大小战斗百余次，突破敌人的围追堵截，于1931年7月终于完成北上江西的使命，与中央红军胜利会合，被誉为"千里来

李明瑞：北伐虎将　千里来龙

龙"。在毛泽东、朱德的直接指导下，红七军和中央红军并肩作战。尤其是红七军，在李明瑞的指挥下，采用毛泽东的运动战术，一举夺得老营盘战斗的胜利，粉碎了蒋介石的第三次"围剿"。1931年11月，在中央苏维埃第一次全国代表大会上，毛泽东特别表彰红七军英勇顽强、不屈不挠的艰苦奋斗精神，并授予红七军"转战千里"锦旗。

阅读启示

李明瑞是中国工农红军的优秀将领，为了革命之路，他放弃了优越的社会地位，拒绝了蒋介石高官厚禄的诱惑，加入中国共产党，在严酷考验面前毫不动摇，勇挑重担。他有胆有谋，指挥有方，被誉为"一代虎将"，为革命胜利立下不可磨灭的功勋。

拓展延伸

1981年12月11日，在百色起义五十二周年之际，邓小平亲自题词："纪念李明瑞、韦拔群等同志，百色起义的革命先烈，永垂不朽！"他称李明瑞"是一个能艰苦奋斗的人，勇敢，善于指挥，行军、冲锋、打仗总在前"。这句话是对李明瑞革命一生的高度评价和肯定。

|向死而生，浴血荣光

韦拔群：快乐事业　莫如革命

1894年，在群山环抱、千岩竞秀的广西东兰县，壮族英雄韦拔群诞生于一个富裕农民家庭。身为长子的他出生时哭声洪亮，那天正好是正月初一，前来道喜的乡亲们都认为这是吉庆的象征，对他寄予厚望。

韦拔群自幼聪明好学，优渥的家庭条件让他受到了良好的教育。他热爱读书，尤其喜欢看《水浒传》里梁

韦拔群：快乐事业　莫如革命

山好汉的故事，希望自己也能像那些豪杰一样，做一个行侠仗义的英雄。少年时的他经常同贫苦农民的孩子一起下地劳动，养成了同情贫苦农民、正直刚毅的品性。

韦拔群的军旅生涯始于讨伐袁世凯的护国战争。他招募群雄，千里投军，敢打硬仗，初露锋芒。五四运动后，韦拔群赴上海，下广州，回广西，组织农民自卫军，参与领导百色起义，建立右江苏区。他为劳苦大众血战经年，到处传颂着他的英勇事迹，大家对他非常爱戴，亲昵地称他为拔哥。拔哥抓住壮族人民爱唱山歌的特点，先后自编了很多首山歌，并带头传唱："要想擒龙就下海，要想打虎就上山。穷人要想得解放，革命一步一重天……"圩上的篝火映照着他那棕红黧黑的方正脸庞，洪亮的歌声激荡着革命乐观主义精神。

"快乐事业，莫如革命"是拔哥的心声，这几个大字写在广西农民运动讲习所的石拱门正中处，道出了他毕生的革命抱负。在战场上，韦拔群既是指挥员，也是战斗员，他率领的东兰农军，保证了百色起义的胜利举行。红军主力奉命北上以后，韦拔群深知留守根据地会变得十分艰难，但他以革命大局为重，将最优秀的战士拨给主力部队，仅带着七八十名老弱士兵坚守根据地，并重新组建部队，始终置身于战斗的最前沿。

向死而生，浴血荣光

自1931年2月开始，桂系军阀调派六千多人，在当地反动武装配合下，先后三次对东兰、凤山革命根据地发动大规模的军事"围剿"。面对敌强我弱的处境，一些游击队长前来向韦拔群请教。听完他们的汇报，韦拔群起身，踱着步子——这是他思考问题时的习惯。

"若要打败敌人，首先要紧紧依靠群众，然后要正确地估计敌人。"他沉着镇定地说，一双炯炯有神的眼睛闪烁着一个革命者的精明干练。"应该打的仗坚决打下去，不该打的仗决不能硬拼！"他挥动手臂斩钉截铁地说，并鞭辟入里地为大家解析。虽然夜越来越深，但大家心里却越来越敞亮。

在韦拔群反"围剿"战略指导下，红军不与敌人正面决战，也不死守山头，而是撤入山区。一小股红军在敌人的必经之道上设置地雷、竹钉、石床，并在山头、关隘处布置狙击手。敌人一入山区，便如进"迷宫"，饱受冷枪之苦，被打得顾头不顾尾。等敌人残兵剩将"攻破"关隘，红军和赤卫队早已化整为零，身手矫健地夺取死伤敌兵的武器弹药，上高山，入密林，绝尘而去，无影无踪。"敌有万兵，而我有万山"，韦拔群指挥军民坚持游击斗争，先后击退桂系军万人之众，取得了两次反"围剿"的胜利。

1932年10月19日凌晨，韦拔群被叛徒杀害于东兰县西山香刷洞。当他牺牲的消息传来,广大军民无不万分悲痛。他们冒着生命危险将韦拔群的遗体背回来,秘密安葬在特牙山上,并在坟上建了一座小庙,命名为"红神庙"。

阅读启示

韦拔群波澜壮阔的一生,虽然只有短暂的三十八年,但他用生命铸就的"追求真理、坚定信念,忧国忧民、心系群众,革故鼎新、敢为人先,艰苦奋斗、百折不挠,顾全大局、无私奉献"的精神,激励着我们每个人!

拓展延伸

韦拔群,1926年冬加入中国共产党,杰出的农民运动领袖,百色起义的领导者之一,中国工农红军第七军和广西右江革命根据地的创始人。毛泽东称赞他是"壮族人民的好儿子,农民的好领袖,党的好干部"。2009年,韦拔群被列入"100位为新中国成立作出突出贡献的英雄模范人物"。

| 向死而生，浴血荣光

杨靖宇：铁胆降魔　铁骨铮铮

深山密林里，活跃着一个身影；白山黑水间，回荡着一个名字——他就是让日军闻风丧胆又肃然起敬的抗日英雄杨靖宇。

杨靖宇原名马尚德，1905年出生于河南一个农民家庭，幼年丧父，家境贫寒，由母亲含辛茹苦照料长大。他从小就积极参加各种进步活动，立志为解放广大劳苦民众而奋斗。杨靖宇最初在家乡河南从事革命活动，随

杨靖宇：铁胆降魔　铁骨铮铮

着日军侵华，东北沦陷，他被党组织派遣担任东北反日总会的领导工作，带领东北抗日武装开始了传奇的抗日斗争。

1936年初，日军为了彻底消灭活动在抚顺地区的抗日联军，调集了一个师团的兵力，在汉奸邵本良等土匪的配合下，开始大举向抚顺地区进攻。面对来势汹汹的敌人，杨靖宇巧施妙计，采取牵"牛鼻子"的策略，迂回作战。杨靖宇带领队伍从清原向新宾转移，再从新宾向桓仁转移，然后再回到清原。经过几次的长途急行军，敌人被拖得筋疲力尽，完全失去了刚开始时的嚣张气焰。杨靖宇抓住敌人疲惫的有利战机，又采用"麻雀"战术，将大部队分成若干小分队，用分头袭扰、各个击破的办法，一举歼灭了许多敌人。敌人并不死心，集中兵力试图找到杨靖宇，杨靖宇则牵着敌人的鼻子走，在运动中伺机歼灭敌人。

杨靖宇率领的小分队走到新宾的大琵琶岭时被敌人发现，小分队战士集中火力歼灭了六十多名敌军。一天，杨靖宇等人在鸡房子岭吃饭，邵本良得知后，派二百名骑兵追来，杨靖宇便让战士们用轻机枪扫射，结果敌人丢下五十多具尸体狼狈逃窜。吃了几次败仗之后，气急败坏的敌人便集中兵力，由三木少将指挥，寻找机会与杨靖宇决战。杨靖宇看透了敌人的阴谋，便将计就计，

向死而生，浴血荣光

让战士们一路上丢弃一些没有用的东西，制造逃跑的假象。敌人信以为真，派邵本良余部紧追不舍。杨靖宇带领联军，风雨不误，日夜兼程，长途跋涉千余里，迂回到凤城县（今凤城市）的梨树甸子，同时布置好伏击圈。待邵本良余部完全进入伏击圈后，杨靖宇一声令下，联军与敌人展开激战。四个多小时后，邵本良仅带着七名土匪逃掉，敌人的这次"大讨伐"彻底被粉碎了。

杨靖宇带着抗联队伍神出鬼没，沉重地打击了敌人的嚣张气焰，极大地鼓舞了东北人民的抗日决心和战士们的斗志。日寇将杨靖宇视为心腹大患，调集大量兵力，对抗日联军进行严密封锁，疯狂围攻。抗日战争进入相持阶段以后，抗战形势日益严峻起来。杨靖宇率部转移到原始森林中，在零下四十摄氏度的冰天雪地里，以草根充饥，用泥巴裹伤，顽强战斗，毫不气馁，短短一个冬季，就歼敌数千人。日寇闻风丧胆，悬赏十万大洋捉拿杨靖宇，并调集十万重兵"讨伐"抗联。杨靖宇将部队化整为零，开展"麻雀"战。

1940年初，杨靖宇率部转战至濛江县，由于叛徒出卖，被敌人重重围困。在四五架飞机的配合下，日伪军实行"梳篦"战术，八面包抄。杨靖宇带两名警卫员在林海雪原中与敌周旋了三天三夜，最后两名警卫员先后牺牲。他孤身一人双手持枪，同几百日伪军激战一个多小时，最后身中数弹，壮烈殉国。他牺牲后，敌人残酷地割下他的头颅，剖开他的腹部，但在他的肠胃里却没看到一粒粮食，只有草根、树皮和棉絮。敌人为之骇然，不得不承认他是一个"顽强的"人。抗战胜利后，党组织费了很多周折，找到了他的遗首和遗体，妥善安葬。

阅读启示

杨靖宇率领东北抗日联军在林海雪原的艰苦环境中与日寇血战，为全民抗战建立了具有战略意义的功绩。杨靖宇铁骨铮铮，代表了中华民族的抗争精神与不屈意志。我们要学习他面对艰难困苦不屈不挠的意志。

拓展延伸

杨靖宇，1927年5月加入中国共产党，1931年来到哈尔滨，先后任东北反日总会负责人、中共哈尔滨市委书记等职。1933年后，担任南满洲游击队政委、东北人民革命军第一军第一师师长兼政委、第一军军长兼政委等职。牺牲时年仅三十五岁。为纪念他，东北民主联军通化支队改名为杨靖宇支队，濛江县改名为靖宇县。2014年，他被列入民政部公布的第一批300名著名抗日英烈和英雄群体名录。

| 向死而生,浴血荣光

赵一曼：慷慨就义　巾帼英雄

　　天府沃土，气温宜人，水草丰茂，这是赵一曼出生的地方；东北深山，山峦起伏，森林茂密，这是赵一曼抗日战斗的地方。在东北密林里，赵一曼广泛发动群众，带领抗日队伍神出鬼没，打击侵占东北的日伪军，直至不幸遇难。

　　赵一曼，原名李坤泰，又名李一超，1905年10月出

赵一曼：慷慨就义　巾帼英雄

生于四川宜宾。她从小立志报国，以诗明志："未惜头颅新故国，甘将热血沃中华。白山黑水除敌寇，笑看旌旗红似花。"

1931年九一八事变后，面对日益严峻的东北抗日形势，赵一曼临危受命，告别尚在襁褓中的儿子，受党中央的派遣秘密来到东北，领导东北地区的抗日斗争。

来到东北后，赵一曼发动群众，建立农民游击队，配合抗日部队给日伪军以沉重的打击。那时，帽儿山公路上有一些敌人的哨所，严重威胁军民的正常活动。如何端掉这些敌人的"眼线"？赵一曼苦思冥想，心生一计。

一天夜里，赵一曼带领一个五人行动小组出发了。她让一个战士带上砍刀，还拿上一个灌满水、打上气的皮球在前面当先锋，她和其他三名同志骑马随后接应。每到一个哨所，如果没有被敌人发现，五个人就一起动手，先悄悄地将哨兵解决，再闯进哨所将敌人缴械，割断电话线；如果敌人发现了，前边的同志则按下皮球，模拟拉肚子的声音，麻痹敌人，再趁机悄悄地摸过去将敌人解决。一夜之间，他们端掉多个敌人哨所，不仅清除了日军的"眼线"，还缴获了许多枪支弹药。利用这些缴获的枪弹，赵一曼组织起一支武装，日夜操练，

向死而生，浴血荣光

神出鬼没，让敌人防不胜防，一时之间令日伪军闻风丧胆。

东北的抗日斗争烽火连天，形势变化很快。1935年，随着日伪军强化"围剿"和封锁，东北抗日武装的环境越来越恶劣。日伪军不断地进行"大讨伐"，到处杀人放火，抗日联军不得不转入深山老林。日寇加紧进行封锁，抗日联军与群众的联系被隔断，得不到粮食，在严寒的冬天也穿不上棉衣。赵一曼鼓励大家坚定信念，粮食吃光了，她就带领战士们打猎，打不到野兽就把皮带和皮鞋煮了吃。晚上就在密林里烧上篝火露营，白天休息，夜晚活动。

生活虽然艰苦，斗争虽然残酷，但大家的斗志昂扬、情绪饱满。1935年11月，部队来到一个叫左撇子沟的地方。这里原本是根据地，但此时已变成一片废墟。这天夜晚，赵一曼和第三军第二团团长王惠同借着篝火的红光，摊开军用地图，研究下一步的行动路线。部署完毕，天近黎明。赵一曼倚在一棵树上刚想眯一会儿，突然传来密集枪响，战士们立即投入战斗。但为时已晚，他们已经被敌人包围了。赵一曼看敌人人多势众，就让团长王惠同带领大家突围，自己带领一个班掩护。

赵一曼带领战士们和日伪军对峙，把敌人牢牢牵

赵一曼：慷慨就义　巾帼英雄

制住，大部队顺利突围出去了，但她却在战斗中身负重伤。突围后，赵一曼因伤无法跟着部队转移，只能在附近一户农民家中养伤。残暴的日伪军挨家挨户展开严密搜捕，负伤的赵一曼被日军发现，双方又展开战斗。战斗中赵一曼再度负伤并昏迷过去，最后被日军俘获。

在狱中，日军用尽一切手段进行审讯。赵一曼在敌人的严刑拷打下，一次次昏死过去，但她丝毫没有屈服，不仅没有吐露任何信息，还强忍伤痛怒斥日军侵略中国以来的种种罪行。

1936年8月，丧心病狂的敌人眼看从赵一曼那里得不到任何有用信息，打算杀一儆百。赵一曼昂首挺胸毫无畏惧，面对敌人的屠刀，高喊着："打倒日本帝国主义！中国共产党万岁！"她倒在血泊中，年仅三十一岁。

阅读启示

赵一曼无惧敌人的屠刀英勇就义，聂荣臻评价说："表现了中华儿女的英雄气概和共产党员的高贵品质！抗日民族英雄赵一曼烈士永垂不朽！"在党和人民需要的时候，我们每个人都要挺起民族的脊梁，做像赵一曼一样的英雄儿女。

向死而生,浴血荣光

拓展延伸

赵一曼慷慨就义前,留下感人泪下的《遗儿书》。为了纪念赵一曼可歌可泣的抗日事迹,哈尔滨市将她战斗过的一条主街命名为一曼大街,她的故乡宜宾建设了赵一曼纪念馆,其事迹被拍摄为电影《赵一曼》《我的母亲赵一曼》等。2009年,她被列入"100位为新中国成立作出突出贡献的英雄模范人物"。

马立训：爆破大王　开路先锋

山东省淄博市淄川区革命烈士陵园，有一尊高大的烈士铜像格外引人注目，无数参观者在这里停留驻足、敬献鲜花。这尊铜像是马立训烈士像，它前面的广场，也以马立训命名。

马立训，1920年出生在一个贫苦的矿工家庭，十二岁那年，他迫于生计到煤窑当苦工，第一次接触到火药。后来，被国民党土顽部队抓去当兵。

向死而生，浴血荣光

二十岁时，马立训在博山小田庄战斗中被解放入伍，参加了八路军，成为八路军山东纵队的一名战士。在战斗中，他跟着营长王凤麟学习工兵爆破技术，见识到火药的巨大威力。从此，他开始发挥天赋，认真钻研、不断革新爆破技术。

一次，马立训所在的部队攻打莱芜吴家洼日军据点，据守的敌人采取固守待援的办法，躲在坚固的碉堡后面，用轻重机枪和迫击炮一起交织出一张密集的火力网，以此阻止进攻。

敌人碉堡太高，仰攻难度极大，又缺乏攻坚的重型武器，进攻的部队一时间进退维谷、动弹不得。时间在一分一秒地流逝，县城增援的敌军越来越近。如果不能尽快攻陷这一据点，敌人援兵一到，部队将陷入两面夹击甚至被反包围的不利局面。战士们冲锋了几次，可是毫无成效。

"让我试试吧。"马立训冷静地观察了据点形势——据点碉堡居高临下，易守难攻，敌人还占有火力优势，即便投掷手榴弹，也没有好的位置，使用炸药爆破的话，一时间也找不到合适的附着点。

看着战士们擎枪准备冲锋的姿势，马立训突然眼前一亮。既然炸药包高度不够，那把它举到合适的高度

马立训：爆破大王　开路先锋

不就可以了！他吩咐人找来几根长竹竿，捆扎在一起，然后把炸药用破布和麻袋包紧，再紧紧地绑在长竹竿一头，一个增高版的炸药包就制作完成了。

在战友们的火力掩护下，马立训和一名战士悄悄靠近敌人据点，然后将竹竿高高举起，选准一个射击孔凑近，点燃了炸药包。引线"刺刺"地冒着火星，所有人的目光也随着引线前行，大家都屏住了呼吸等待着。

随着一声轰天巨响，砖石四处飞溅，敌人半个据点在巨大的声响中被炸飞了。看到办法可行，马立训立即如法炮制，连续三声巨响后，整个据点全部被炸毁，三十多名敌人被炸死。

尝到了爆破的甜头，马立训越发深入地钻研爆破技术。为了减少战友的伤亡，每次战斗，他总是手提炸药包冲在最前面，用精湛的爆破技术摧毁敌人制造的障碍。因为常常连破敌阵，他被誉为"开路先锋"、鲁南三团的一门"神炮"。

1943年11月，在攻打鲁南柱子村时，马立训毫无疑问又成了开路先锋。他在接近敌人炮楼时，不小心被石头绊了一下，声响使得炮楼上的敌人哨兵警觉起来。敌人的子弹嗖地从马立训身边飞过，马立训迅速一个翻身，跃进了壕沟内躲避。敌人素来知道"神炮"的威名，因此集中火力向着马立训的方向射击。

敌人生怕马立训靠近炮楼。在密集的火力网覆盖下，马立训躲在壕沟内动弹不得，他一有移动迹象，就会招来炮楼上敌人更加密集的火力。

部队正隐蔽在不远处，等待马立训将火力点清除，然后发起冲锋。危急关头，又是一梭子子弹打了下来，一颗子弹打中了马立训的帽子，惊险地擦着帽檐而过。马立训灵机一动，招呼战友举着各自的帽子在壕沟内时隐时现，以此迷惑敌人，自己则带着炸药包，悄悄地迂回到敌人炮楼另一侧。

敌人误以为马立训还隐藏在壕沟内，还在猛烈射击，马立训却已经到达炮楼下。随着一声巨响，炮楼被炸开了，进攻通道被打开。战士们一鼓作气，一举歼灭敌人一千二百余人，缴获大批武器和物资。

阅读启示

马立训不怕艰辛、刻苦钻研，才练就高超的爆破技术，成为战斗英雄。这教育我们不仅要有和敌人作斗争的勇气，更要努力练就过硬的本领，认真学习、持之以恒、深入钻研，才能成为各行各业的"英雄"。

马立训：爆破大王　开路先锋

拓展延伸

1945年，马立训在山东滕县阎村战斗中壮烈牺牲，年仅二十五岁。为纪念他，八路军鲁南军区命名马立训生前所在排为马立训排，滕县阎村为立训村，并在部队开展"马立训式的爆破运动"。2009年，马立训被列入"100位为新中国成立作出突出贡献的英雄模范人物"。

|向死而生,浴血荣光

陈发鸿:虎团虎将 血写春秋

在江苏省盐城市射阳县,有一条大道叫"发鸿街",为纪念抗日战争中牺牲的陈发鸿烈士而命名。

陈发鸿于1915年出生在陕西,厚重而又敦实的黄土地孕育了他敦厚善良的性格。小时候的陈发鸿家境贫寒,没机会读书习字,看着远远的学堂,他一直渴求着穷人能够早日翻身。

陈发鸿：虎团虎将 血写春秋

二十岁时，陈发鸿参加了中国工农红军，1936年加入中国共产党，历任中国工农红军第二十六军排长、连长，八路军一一五师三四四旅六八七团营长、副团长。抗日战争爆发后，陈发鸿跟随八路军东渡黄河，参加平型关战役等重大战役，立下了赫赫战功。而后他带领部队在山西灵丘县、河北威县等地坚持敌后抗日斗争，不断发展根据地范围，壮大敌后抗日力量，给日伪军以沉重打击。

全面抗战开始后，陈发鸿随八路军第二纵队三四四旅从冀鲁豫南下，向华中挺进，到达皖东敌后。8月中旬，陈发鸿随部队继续东进苏北淮海地区，协助淮海区建立了一批县级人民政权和地方武装，开辟了淮海抗日根据地。

为支援新四军于黄桥地区进行的反顽斗争，黄克诚率部由淮海区奋力东进，陈发鸿随部兼程南下，先后参加了攻克东沟、益林、阜宁、东坎、建阳、湖垛、上冈、盐城等顽军据点的战斗，歼灭了大批顽军，有力地配合了新四军的黄桥战役，并参与创建了盐阜抗日根据地。

皖南事变发生后，根据中央部署，八路军第五纵队改编为新四军第三师，陈发鸿任第三师八旅二十二团副

向死而生，浴血荣光

团长，后任二十二团团长，率部在历次反"扫荡"斗争中英勇作战、屡立战功。

随着抗日形势的变化，为了争取更大的胜利，1944年10月，盐阜地区军民向日伪军发起总攻。第三师决定攻打盘踞合德的日伪军，陈发鸿率领二十二团和二十四团担任主攻任务。合德，是苏北黄海边上的棉区重镇，也是日伪军在盐阜区的主要据点，日本侵略军为了掠夺这个地区的棉花资源，在合德筑炮楼十三座、大小碉堡二十余座，派出重兵把守，并与当地黑恶势力联手，防止新四军偷袭。

19日深夜，陈发鸿率部顶风冒雨，奇袭三十公里从小闸口赶到合德。夜半时分，合德战斗打响了。陈发鸿首先派人摸掉敌人外围三道岗哨，前进到东北角伪军据点的鼻子底下，而后从城西南方向突过护城河和耕耘河，直插入敌据点，一路以迅雷不及掩耳之势冲杀，攻占了一个又一个敌人碉堡。

位于合德中心的陈家炮楼是合德规模最大、工事最坚固的敌火力点，驻有敌人警备队外加两个连的兵力。陈发鸿带领部队靠近时，遭到敌人居高临下的密集火力封锁，派出的突击战士要么牺牲，要么被敌人火力压制得无法抬头。

陈发鸿：虎团虎将　血写春秋

眼看时间一分一秒地过去，敌人的增援正在赶来，再不拿下这个炮楼，时间拖得越久，形势对我方越不利。陈发鸿冷静观察后发现，对面有一栋孟家楼，与陈家炮楼遥遥相对。陈发鸿果断指挥部队凿通墙壁前进，躲开敌人密集的火力，迅速攻占了孟家炮楼。陈发鸿登上楼顶，指挥战士们用机枪和迫击炮向陈家炮楼射击。在猛烈炮火的掩护下，部队再次向陈家炮楼发起冲锋，爆破手越过战壕，摧毁了外围火力点，后续部队勇猛出击，以猛虎下山之势攻下了陈家炮楼。

合德外围的日伪军全部被歼，但盘踞在合德里的敌人仍依仗坚固的工事，拒不投降。陈发鸿指挥部队再度发起总攻，激战中不幸中弹，倒在血泊之中。他知道自己伤势很重，在弥留之际对大家说："牺牲就是革命。"

阅读启示

陈发鸿带领部队勇猛作战，被黄克诚誉为"虎将"，其带领的二十二团被誉为"虎团"。陈发鸿狭路相逢勇者胜、有我无敌的英雄气概，是战胜一切敌人和困难的强大力量。我们每个人面对任何困难，都要发扬这种大无畏精神，甘当狭路相逢的最勇者。

向死而生，浴血荣光

拓展延伸

陈发鸿同志牺牲时年仅二十九岁，新四军第三师和地方人民政府将他的遗体安葬在阜宁县芦蒲烈士陵园。为了纪念陈发鸿烈士，1946年射阳县人民政府将合德镇桥北街命名为发鸿街。2015年，陈发鸿被民政部列入第二批600名著名抗日英烈和英雄群体名录。

蔡爱卿："指挥"青蛙击溃日军

蔡爱卿离世前对妻子说："我一生无愧于人民。你们无论到什么地方，干什么工作，都要听党的话，做一个有益于祖国的人。"他是这样说的，也是这样做的，这番话是蔡爱卿一生的缩影。

蔡爱卿出生于湖南一户贫苦农家，三岁时丧父，母亲远嫁他乡，同族的婶婶将他抚养长大。他自幼承担各种家务和农活，饱尝生活的艰辛。婶婶省吃俭用供他上

向死而生，浴血荣光

了两年私塾，后因家境贫寒他不得不辍学。1930年，彭德怀率领红军队伍来到岳阳，蔡爱卿找了过去，声称自己想要参军。大家看着眼前这个娃娃都笑了起来，蔡爱卿不依不饶："参加红军是我从小的梦想，当了红军就像是回了家似的！"红军领导看这娃娃聪明活泼、脑子灵光，就破格同意他加入中国工农红军。1931年，蔡爱卿光荣地加入中国共产党。

1935年，为保证遵义会议顺利召开，红军必须拿下娄山关，而要占领娄山关就必须干掉板桥镇的敌人，红三军团第四师十一团承担了这一重任。已经是十一团七连指导员的蔡爱卿冲到了最前面，他对自己带的新战士说："兄弟们，跟我上！"红军像是从天而降，板桥镇的敌人被吓蒙了，有的连衣服都没穿好就一路逃窜。蔡爱卿与战士们一路追杀，令敌人闻风丧胆。彭德怀回忆起板桥战役时说："蔡爱卿同志和七连发挥了重要作用。"

1935年，彭怀德率领红军占领云南广顺，张爱萍的十一团奉命抢占贵州白层渡口。部队到达渡口，却发现船只都被敌人拖走了。看着眼前湍急冰凉的江水，张爱萍让个子高的战士涉水渡江。蔡爱卿二话没说，第一个跳入江中，还笑着冲岸上招招手。战士们深受鼓舞，纷纷跳下水。蔡爱卿忍着旧伤发作的剧痛，第一个到达对

蔡爱卿："指挥"青蛙击溃日军

岸，与一百多名战士一起奋力拼杀，占领了白层渡口，保证了大部队顺利过江，而他却昏倒在草丛中……

抗日战争时期，蔡爱卿始终在抗日第一线，参加了百团大战等战役。他善于运用各种奇招，打得日军落荒而逃。1942年10月，一万余名日军占领了山西沁源县，妄图打穿太岳根据地腹地。我军作出了保卫沁源的战略部署。蔡爱卿与当地民兵、老百姓配合，将城内粮食等物资悄悄运走，就连水井都用粪土填满，同时在外围对日军进行"抢粮""劫敌"和"围敌"，彻底切断敌人的后勤补给。由于深受我军游击战术的侵扰，加上断粮危机，日军选择龟缩在沁源城内。蔡爱卿听到荷塘里的蛙叫声，灵机一动，让战士们抓了大量的青蛙，并在青蛙嘴里放上辣椒，全部放到沁源城里。日军被青蛙的叫声搅扰得心烦意乱，第一批青蛙很快就成了日军的盘中餐。不过，日军第二次出来抓青蛙时，却被地雷炸得血肉模糊，原来蔡爱卿让战士们在放养青蛙的地方埋下了地雷。

蔡爱卿还曾用"子母雷""水雷""树雷"等，开展伏击战、石雷阵、交通破袭战等，打得敌人晕头转向，给敌人以很大杀伤。1945年，沁源日军终于不堪折磨，丢盔弃甲地逃出了沁源城，红军取得了沁源围困战的胜利。毛泽东曾在延安《解放日报》发表《向沁源军

向死而生，浴血荣光

民致敬》的社论，夸赞蔡爱卿"鬼主意多"。

解放战争中，蔡爱卿晋升为旅长，在上党之战和官雀之战中立下赫赫战功。中华人民共和国成立后，他负责国防科研方面的工作，为研制固体火箭和野炮火箭作出重要贡献，受到陈毅元帅的高度赞扬。1978年3月3日，蔡爱卿在北京病逝。

阅读启示

蔡爱卿生于一户贫苦农家，加入红军后，久经沙场、浴血奋战，率部杀敌时一马当先，战略战术灵活多变，凭借自己的智慧和勇敢成长为一名少将，是励志的典范。他的一生无愧于党和人民，是坚定的共产主义战士。

拓展延伸

蔡爱卿，1930年参加中国工农红军，同年加入共青团，1931年转为中共党员，曾参加土地革命战争、抗日战争、解放战争，1955年被授予少将军衔，荣获二级八一勋章、二级独立自由勋章、一级解放勋章。

曾贤生："猛子"连长　白刃英雄

中国抗日战场是世界反法西斯战场的重要组成部分，而平型关大捷是中国抗日战场上八路军出师以来的第一个大胜仗，打破了日军"不可战胜"的神话。在平型关战役中，涌现出了众多的战斗英雄，他们以血肉之躯抵挡着日军现代化装备的猛攻，谱写了可歌可泣的故事。有"猛子"称誉的战斗英雄曾贤生，就是其中的重

向死而生,浴血荣光

要代表。

曾贤生,福建人,早年参加中国工农红军,曾担任刘亚楼将军的警卫员,参加了中央苏区反"围剿"作战和中央红军二万五千里长征,平型关战役时任一一五师三四三旅六八五团二营五连连长。1937年,曾贤生接到上级命令,赶赴平型关战役前线冉庄。这是八路军出师以来的第一战,全国乃至全世界所有人都在关注着,成功与否,不仅关系到一一五师,甚至关系到中国共产党,关系到整个抗战大局。

曾贤生一刻也不敢耽搁,亲自检查装备,给战士们分发枪支弹药。为了加强突击力量和应对突发情况,他从队伍里选出20名军事素质过硬的战士,人手一把大刀,组成"大刀队"。战役开始前的深夜,曾贤生趁着秋雨,带着五连在夜色的掩护下赶到指定位置,秘密埋伏起来。他们冒着大雨等了整整一夜,但敌人并没有来。等到天蒙蒙亮时,雨停了,他们趴在石头上面,全身都麻木了。曾贤生看着又冷又饿又困又累的战士们,鼓舞大家继续保持警惕。看着连长一动不动地盯着山下观察敌情,战士们也静静地等待着随时出击。

终于等到太阳升起时,日军的部队来了,神气十足地走进了我军的埋伏圈。八路军战士们摩拳擦掌,恨不能立刻冲下去将敌人消灭。但是冲锋的命令还没有下达，所有人都要强忍着怒火，继续等待。

日军越来越近，敌人的后卫队已经进入了我军包围圈，就在曾贤生他们眼前。此时，指挥所发出进攻命令，曾贤生指挥全连紧紧咬住敌人的后卫队开火。日军慌了，队伍被突如其来的围攻截成几段。山谷里响起了战斗的号角声，曾贤生带着战士们用轻重武器同时开火，枪声、手榴弹声、炮声交杂，打得敌人进退维谷、散乱一团。

一群日军想趁乱逃跑，借助机枪火力掩护，压制着五连的追赶。曾贤生带领战士们不顾一切冲上前，许多战士不幸被击中倒下，曾贤生手臂也受伤了。敌人见机反扑，仰仗着装备优势向我军进攻。曾贤生顾不得伤势，命令一班战士绕路上坡，用密集的手榴弹攻击形成火力网，堵住敌人后退的方向。眼看包围圈越来越小，陷入绝境的敌人决定孤注一掷，和曾贤生他们近身白刃格斗——拼刺刀。

看着日军哇哇乱叫地挥着刺刀冲过来，曾贤生大吼一声，率领大刀队向敌人冲去。大刀队如猛虎下山，杀得日军哇哇叫……

向死而生，浴血荣光

在激烈的肉搏厮杀中，曾贤生勇猛杀敌，抢过敌人的刺枪，一人就刺倒了十几个日军。突然，他身后的三个日军拿着刺刀向他刺来，他转身举枪奋力向左右挥了两下，撩开了两把刺刀，日军被掀翻。他又迅速刺出两刀，两个日军应声倒地。第三个日军看到同伴被杀死，慌忙绕到曾贤生背后袭击，曾贤生虽连忙转身弯腰，还是被刺穿了肚子。曾贤生忍着剧痛，左手握住刺刀，右手举起枪托猛烈地砸向日军脑袋，将其打得头破血流，立时毙命。

看到曾贤生身负重伤，五六名敌人团团包围了过来，试图将曾贤生俘虏。随着敌军逐渐逼近，曾贤生瞬间明白了敌人的意图。"八路军宁死不当俘虏！"曾贤生毅然拉响了身上仅剩的手榴弹，随着一声巨响，与敌人同归于尽。

阅读启示

在平型关战役中，曾贤生率领战士们冲入敌阵，与敌展开肉搏，用大刀打出八路军的威名，展现了中华民族的无畏气概与肝胆血性，这种精神值得我们每个人学习。任何时候，无论遇到任何困难，我们都要敢于亮剑，敢于拼搏。

曾贤生:"猛子"连长　白刃英雄

拓展延伸

　　打扫战场的时候,战士们发现曾贤生虽然已经牺牲,但仍然一手紧握枪杆,一手捂着小腹,怒目盯着死在他刀下的日军。战士们整理其遗体时,在他的上衣口袋里发现了一封血书,是他用自己的鲜血写的决心书,决心书里还夹着最后一次该交的党费!

向死而生，浴血荣光

易良品：善打硬仗的"夜老虎"

1943年，易良品在河北枣南县李家侯滩村老乡家的土炕上停止了呼吸。他在生命的最后时刻，握着熊登钦大夫的手说："如果你能把我救过来，我们一起看看社会主义多好……"

易良品出生于湖北一个贫苦农民家庭，曾在本村读过私塾，高小毕业后进入长沙市第三师范学校，喜欢向进步老师和同学们学习，很快加入中国共产主义青年

易良品：善打硬仗的"夜老虎"

团，后经王树声老师介绍加入中国共产党，曾在邱家畈、易家畈小学当教员。

自1926年参加大革命，易良品就开始了戎马倥偬的战斗生涯，他广泛发动群众，成立自卫队。黄麻暴动失败后，他目睹一千多名农民被杀头，内心埋下革命的火种。1928年，易良品参加工农红军，1929年编入新四军。因为在反"围剿"战争中表现神勇，他从一名小战士被提拔为营长，到军总部特务连工作后，很快又被提升为团政委。

易良品在长征路上也经受住了考验。懋功会师后，他带领队伍穿过茫茫大草原，仅靠吃野菜维持生存，五天急行军便到达阿土坝地区。1935年9月，根据行军部署，他要率部翻越丹巴、道孚间的雪山，海拔五千多米的折多山常年积雪，空气稀薄，随时有雪崩的危险。他这样告诉战士们："道路最危险的地方也是最安全的地方！"他身先士卒，带领大家克服重重困难，完成了战略转移任务。1936年7月，甘孜会师后，他与大部队第三次穿越大草原，红一、红二和红四方面军在会宁会师，长征取得胜利。

全面抗日战争爆发后，易良品所在的部队被改编为国民革命军第八路军，易良品任七七二团团长，在华北抗日前线与敌周旋。他还率部参加了著名的百团大战，

向死而生，浴血荣光

破坏铁路、公路交通线，切断日军后勤补给，通过伏击战、游击战等方式与日寇交战。武城战役中，已经是新七旅旅长的易良品通过打地洞的方式深入敌人碉堡底部，慢慢将碉堡底部打空并放入二百斤炸药，以此炸开了碉堡。

1941年，新七旅的部队围攻河北南宫区域一个炮楼，由于久攻不下，只好先把炮楼围了起来。一旦天亮，这座炮楼将对我军产生极大的威胁。易良品突然想起来百团大战时缴获的一尊山炮，于是从乡亲们那里找了架子车速将山炮、六发炮弹、炮轮拉来，并快速组装起来。易良品亲自指挥，让迫击炮手试着操作山炮，结果第一炮打高了，从炮楼上面飞过去，在对面山坡上炸出了巨大的黑云，震天的巨响把日军吓得魂飞魄散。易良品又把山炮往前推到距离炮楼只有约一百米的位置，第二炮一下子将炮楼炸掉了一半，战士们冲了进去，全歼了二百多个敌人。之后，新七旅用剩下的几发炮弹帮助邻近部队打炮楼，结果只有两个炮楼进行顽抗。等到邢台日军赶来的时候，我军早已经从南宫转移。

易良品作战勇猛，擅长夜战和游击战，被称为游击战争"夜老虎"，对日军造成了很大的威慑。日军四处通缉他，并扬言重金悬赏易良品的人头。易良品领导的十九团对日作战屡建战功，被十八集团军总部誉为"冀南战斗模范团",日军对其恨之入骨。

1943年3月,易良品在河北枣强县与日军作战时,被一颗子弹击中了腹部。战友们将其抬到一个老乡家救治,因伤势恶化,于3月25日不幸牺牲。

阅读启示

易良品一生打了很多硬仗,跟随红军长征三次走过茫茫草原,抗日战争时期在最艰苦的环境中与敌人殊死搏斗,打出了中国军人的亮剑精神!他为革命作出的贡献将被人们永远铭记!

拓展延伸

易良品,1931年加入中国共产党。抗日战争期间,他所领导的新七旅三个主力团转战各地,与日军进行周旋,成为冀南平原抗战的主力之一。

|向死而生,浴血荣光

八女投江:沉江殉国 感天动地

牡丹江流域流传着这样一个故事:抗日战争时期,东北抗联的八名女战士为了不做敌人的俘虏,毅然手挽手投入滚滚的乌斯浑河中,壮烈殉国。

那是1938年,抗联第五军第一师在西征途中遭到日伪军重兵围追堵截,损失惨重,妇女团只剩下指导员冷云、班长胡秀芝、杨贵珍、战士郭桂琴、黄桂清、王惠民、李凤善和被服厂厂长安顺福八名女战士。连日的战斗造成巨大的伤亡，战士们迫切地需要休整补给，于是决定返回刁翎地区。

10月的大兴安岭一带已经天寒地冻，抗联第五军第一师来到刁翎境内，决定在三家子屯附近乌斯浑河西岸的河滩上露宿，准备第二天从这里涉水过河。

瑟瑟寒风中，战士们衣着单薄。因靠近河流，寒风裹挟着水汽袭来，更是湿冷透骨，让人难以忍受。一个不速之客的到来，成了所有人的噩梦。

半夜，当地臭名昭著的大特务葛海禄路过此地，看到露营的抗联战士大喜过望，迅速向刁翎地区的日伪军报告邀功。日伪军迅速纠集千余人，趁着夜色向抗联队伍扑过来。抗联战士一时之间被敌人打了个措手不及，激战到天亮，寡不敌众的队伍被敌人打散了，妇女团的八名女战士也和大部队走散了，被困在河边的滩涂中。因为河流水位已经上涨，她们已经无法泅渡过河，只能隐蔽在灌木丛中再做打算。此时大部队正边打边向密林地带撤退，敌人却死死咬住不放，双方战斗激烈。

隐蔽在灌木丛中的八名女战士看到敌人正以猛烈的炮火围追大部队，看在眼里，急在心头：只有转移敌人火力，才能挽救大部队。想到这里，大家在指导员冷云的带领下决定暴露自己，吸引敌人火力，给大部队撤退赢得宝贵的时间。她们一齐开火，子弹带着怒火射向

向死而生，浴血荣光

敌人。

正在追击大部队的敌军以为河边还有抗联主力，马上掉转枪口，向河滩边猛扑过来。日伪军将八名女战士团团围住，大部队几次试图冲破敌人包围圈，返回接应她们，但都被敌人用猛烈火力堵住了。几次冲击都未能成功，再恋战下去，有全军覆没的危险。

危急时刻，冷云她们一面高喊着让大部队赶快冲出去，一面以更猛烈的火力吸引敌人。敌人见歼灭大部队已无可能，便朝八名女战士这边猛扑过来，叽里呱啦地乱叫着，企图活捉这些女战士。但是敌人的算盘打错了，八名女战士虽然用的都是轻武器，弹药又少，可她们丝毫没有胆怯。她们在冷云的指挥下，分散隐蔽，这一枪，那一枪，打得敌人狼狈不堪。

八名女战士携带的弹药有限，很快，她们的子弹打光了，携带的手榴弹也用完了，还有同志负了伤。听到枪声日渐稀疏，敌人也知道她们的弹药消耗完了，密密麻麻地围过来，包围圈越来越小。

敌人哇哇乱叫着朝前冲，誓要抓住这群"花姑娘"。听着敌人越来越近的刺耳叫喊声，八名女战士明白最后时刻来临了。不是战死，就是被俘；而被俘，则是抗联战士最大的耻辱！这时，大家都望向冷云，冷云抬起头，平静而坚定地说："同志们，我们是共产党

八女投江：沉江殉国　感天动地

员、抗联战士，宁死也不做俘虏！"

八名女战士神色安静而坚定，相互搀扶着一步步走进乌斯浑河里。河水浪大水急，寒冷刺骨，追击的日伪军不敢下河，枪炮齐发，子弹嗖嗖地从八名女战士耳边呼啸而过。八名女战士毫不畏惧，高唱着《国际歌》，坚定地走向河流中央，消失在浪花里。

阅读启示

八名女战士集体沉江，壮烈殉国，表现了英勇不屈的气概。这种大无畏的精神，值得我们学习。当面对苦难和外敌威胁时，我们更要勇猛顽强，如此才能"敢教日月换新天"。

拓展延伸

"八女投江"的故事广为流传，剧作家颜一烟据此创作了电影剧本《中华女儿》，在1950年第五届卡罗维发利国际电影节上荣获自由斗争奖。1986年，黑龙江牡丹江举行了"八女投江纪念碑"奠基典礼，时任全国政协副主席、全国妇联主席康克清题词："八女英灵，永垂不朽！"2009年，"八女"被列入"100位为新中国成立作出突出贡献的英雄模范人物"。

| 向死而生，浴血荣光

杜伯华：悬壶济世 以身试药

抗日战争中，我军有无数的仁人志士在敌人的枪林弹雨中浴血奋战、马革裹尸。其中有这样一位英雄，他不仅能征善战，更是悬壶济世、以身试药，用精湛的医护知识拯救了无数的抗日将士和群众。他就是杜伯华。

杜伯华原名杜维汉，字华昌，1904年出生在一个中医世家。杜伯华的父亲常常免费为穷人治病，在群众中享有很高的威望。杜伯华在父亲的教诲下，学会了医术，并在吉林榆树县（今榆树市）开办了华昌药房，成为当地小有名气的医生。

随着形势的发展，杜伯华自觉向党组织靠拢，他开设的华昌药房成了当地首个党的地下联络站，向党组织提供敌伪的情报。杜伯华还利用职业便利，千方百计筹集根据地需要的各类药品等物资接济抗日武装，为缺医少药的根据地解决了燃眉之急。

后来，日伪特务机关发觉了杜伯华的抗日活动，伪长春警备队密令伪榆树县警察署火速逮捕杜伯华、查抄华昌药房。知晓消息的杜伯华连夜逃往北平躲避。受党组织安排，杜伯华驻守在北平西城粉子胡同25号煤铺，继续秘密开展地下工作。

七七事变后，杜伯华参加中国共产党领导的国民抗日军，担任军政委员会委员并兼任第二总队政治部主任。

杜伯华不仅医术精湛，而且军事指挥才能出众，多次带领部队声东击西取得重大胜利。一次，杜伯华率部参加二道河子伏击战，敌军的飞机时不时进行俯冲扫射轰炸，部队被压制得一时间无法抬头。杜伯华看着轰鸣的敌机和不远处的山头，心生一计，他派人隐蔽在山上的制高点，趁着敌机俯冲轰炸的时候对敌机开火，成功击落一架敌机。其余敌机见状，再不敢进行低空俯冲轰炸，纷纷逃遁。杜伯华抓住战机，用迫近作业的办法，

向死而生，浴血荣光

与日伪军展开激战，消灭日伪军近百人。

杜伯华不仅精通军事、政治，也从来没有忘记自己是一名医生。他在忙碌的工作之余，挤时间为战士和群众看病。有一名战士的腿在战斗中被子弹打成粉碎性骨折，军医主张截肢，杜伯华看后说："腿截掉人就不能打仗了，我给他治治看。"他上山采药草给这名战士治疗，果然治好了。八路军晋察冀第五支队三营教导员史进前在长操村驻防时得了瘟疫加伤寒，生命垂危，多方治疗未见效。杜伯华知道后，亲自采药煎药，精心医治，最终史进前痊愈，重返抗日战场。

因杜伯华是我军宝贵的医护人才，党组织任命杜伯华为晋察冀军区卫生部副部长。当时，国民党反动派掀起多次反共高潮，根据地遭到日伪军、国民党反动派的共同包围封锁，各类医药物资奇缺，受伤的抗日将士得不到及时的救治，杜伯华看在眼里急在心里。到任后，他和晋察冀边区制药厂的工人们克服种种困难，采用土产原料，实行土法生产，制造根据地急需的各类药品。这些药品除满足晋察冀边区的需要外，还供给平津、晋冀鲁豫、晋西北等抗日根据地。

为了让战士们用上安全的药，每研制一种新药，杜伯华总是先在自己身上做试验，观察并感受服用后的痛苦程度、有无副作用，从而掌握第一手资料，确保绝对

杜伯华：悬壶济世　以身试药

安全后才给伤病员服用。1941年6月30日，又一种新药研制成功，大家纷纷劝杜伯华在临床中试验查看效果，杜伯华一如既往地拒绝了。他说："时间紧急，那么多伤病同志都急等着用药，我哪里等得起！而且别人试验哪有自己试验更能了解药性药效呢。"他又一次拿自己的身体做试验，却不幸中毒，虽经全力抢救，却仍以身殉职。

阅读启示

杜伯华以身试药，为解决八路军和根据地医药难的问题作出重要贡献，表现了一名共产党员对党和人民的无限忠诚。他为了党和人民的利益，不惜以身试药，甚至献出了自己宝贵的生命，谱写了一曲感天动地的生命赞歌。

拓展延伸

杜伯华牺牲在与未婚妻约定的婚期的前一天，晋察冀军区在红沟陈家大院为他召开了隆重的追悼大会，聂荣臻敬送挽联"悼死励生"。杜伯华的遗体被安葬在河北唐县神仙山麓，与伟大的国际主义战士白求恩为伴。2015年8月，杜伯华被列入第二批600名著名抗日英烈和英雄群体名录。

|向死而生，浴血荣光

狼牙山五壮士：纵身跳崖　舍生取义

河北保定易县狼牙山棋盘陀峰顶，矗立着一座高耸入云的纪念塔，洁白的塔顶直指天空，诉说了一段可歌可泣的故事。

那是1941年8月，为报百团大战一箭之仇，日本华北派遣军总司令冈村宁次调动七万多兵力向晋察冀根据地发动毁灭性"大扫荡"。9月25日，日伪军三千五百余人围攻易县城西南的狼牙山地区，企图歼灭驻守该地

狼牙山五壮士：纵身跳崖 舍生取义

区的八路军党政机关。鉴于敌强我弱，上级决定避其锋芒，八路军主力带领根据地群众撤出狼牙山，转移到外线安全地区。八路军晋察冀军区第一军分区第一团第七连奉命掩护机关、部队和群众向老君堂方向转移。

经过数次鏖战，七连成功完成掩护八路军主力和人民群众转移的任务。随后上级命令七连迅速撤出战斗，转移到敌人包围圈之外休整。连长命令六班班长马宝玉，副班长葛振林，战士宋学义、胡德林、胡福才五人负责后卫阻击，掩护全连转移。

接到任务后，五壮士选择了一个叫"小鬼脸儿"的险要处，将敌人阻击在此，为连队转移争取时间。"小鬼脸儿"居高临下，地势险要，有一夫当关万夫莫开之气势。破晓时分，敌人开始了进攻，五壮士沉着应战，等敌人走近时才一起射击，手榴弹也接二连三被扔进敌群，敌人一批批倒下。战斗从黎明打到黄昏，敌人如潮水般，攻击一波接着一波。五壮士却毫不畏惧，不仅打退了敌人的进攻，击毙敌人九十余人，自己还毫发无伤。

黄昏时分的华北大地，落日余晖散射着万道霞光。战场上硝烟弥漫，敌人的冲锋仍在继续。看着敌人堆积如山的尸首，听着敌人哇哇乱叫的声音，五壮士笑了。此刻，他们已经完成了掩护连队转移的任务，他们也可

向死而生，浴血荣光

以撤了。班长马宝玉下令："撤！"五壮士"招呼"敌人一通手榴弹之后，跟在马宝玉后面，边打边撤。

刚走不远，他们就发现前面是个岔路口：向北去是主力部队和群众转移的方向，他们可以很快归队，可敌人正尾随，肯定会追上来，那无疑将前功尽弃，并使主力部队和群众处于危险境地；向南走，通向棋盘陀，是一条绝路。艰难的抉择到来了，此刻所有人都知道答案，他们望向班长马宝玉。马宝玉毫不犹豫，果断下令："向南走！"大家明白，班长这是要把敌人引上绝路，宁可牺牲自己，也要保证主力部队和群众的安全。

五壮士果断地向南走去，并用火力将所有敌人吸引过来。他们边打边撤，将敌人引向狼牙山棋盘陀峰顶绝路。

棋盘陀峰顶前面是小道，后面是悬崖。五壮士凭借险要地形，击退敌人一次又一次的进攻。子弹打光了，他们就用手榴弹，手榴弹打光了，他们就搬起石头砸，最后把所有能搬动的石头都用完了。最后时刻到来了，面对蜂拥上来的敌人，马宝玉折断枪支，神情庄严地对战士们说："同志们，我们都是有骨气的中国人，宁死不投降！为祖国、为人民牺牲是光荣的！"随即整整军衣、正正军帽，大喊一声："同志们，跟我来！"他第一个纵身跳下悬崖，葛振林、宋学义、胡德林、胡福才四名战士也相继跳下悬崖。

五壮士的悲壮之举让敌人胆战心惊,至此他们才知道,原来他们数千人围困的、令他们死伤数百人的仅仅是五名八路军。

阅读启示

狼牙山五壮士面对步步逼近的敌人,宁死不屈,义无反顾地纵身跳下数十丈深的悬崖,成为浴血抗战的中国军民的楷模。

拓展延伸

五壮士跳崖后,马宝玉、胡德林、胡福才壮烈殉国;葛振林、宋学义被山腰的树枝挂住,幸免于难。晋察冀军区领导机关授予三名烈士"模范荣誉战士"称号,并追认胡德林、胡福才为中国共产党党员。2009年,"狼牙山五壮士"被列入"100位为新中国成立作出突出贡献的英雄模范人物"。

向死而生，浴血荣光

李白：永不消逝的电波

曾经，一部反映我党地下工作题材的电影《永不消逝的电波》风靡一时，后来中央电视台又推出了抗战题材电视连续剧《永不消逝的电波》，一时间成为大众瞩目的焦点。这两部作品都是根据真实历史改编，剧中主人公李侠的原型，就是我党情报系统的著名烈士——李白。

李白：永不消逝的电波

李白原名李华初，又名李朴，化名李霞、李静安，1910年5月7日出生于湖南一户贫苦农家，十五岁时就加入了中国共产党。在"四一二"反革命政变的白色恐怖岁月里，他坚定地跟着毛泽东同志参加了湘赣边秋收起义，随后又参加了长沙战役，后来跟随中央红军来到中央革命根据地。

随着革命形势的不断发展，中央红军对无线电人才的需求大增。为了解决无线电人才短缺的问题，红军总部决定举办无线电训练班。李白主动报名，由红四军调往红军总部，参加红一方面军举办的第二期无线电训练班。他在训练班刻苦学习、精益求精，掌握了高超的无线电技术。

全面抗战爆发后，为了更好地掌握第一手斗争信息，党中央派李白化名李霞，到上海安置秘密电台。在当时白色恐怖极其险恶的上海，敌人对抗日人员进行大肆搜捕，对于隐匿上海的电台更是想尽各种办法进行破坏。李白与日寇及汪伪军警特务斗智斗勇，克服各种困难，用无线电波架起了上海和延安之间的"空中桥梁"。

李白的秘密电台给党中央传递了很多重要情报，自身也经受了敌人的多次围追堵截。1942年的一天，他的秘密电台被日军侦测了出来。当时他正在发报，日本

向死而生，浴血荣光

宪兵和汪伪特务突然包围了他家的楼房，他赶紧将密电码吞进肚子里。敌人很快冲进来搜查，用枪托敲地板隔层，搜查出了李白放进地板隔层的电台。敌人又用筷子塞进李白嘴里，想把他吞进肚里的密电码挖出来，最终没有成功。

敌人弄不到密电码，立即恼羞成怒地对李白拳打脚踢，并将李白夫妇押到日本宪兵司令部审讯室。敌人将李白拖上老虎凳，然后一块块加砖垫高，他的膝盖骨被压得咯咯响，可他仍不停痛斥敌人。当加到五块砖时，李白腿骨被压弯，人昏了过去。敌人放松凳子，用冷水泼醒了李白，但他仍不开口。敌人又残暴地用老虎钳子拔李白的手指甲，每拔一个就问一次，他依然咬紧牙关，就是不讲。最终他十根手指的指甲都被敌人拔掉了，但他还是不屈服。敌人又将李白面部向上，捆在长凳上，向他鼻子里灌水，他又晕了过去。敌人还对李白夫人裘慧英使用酷刑，用皮鞭、木棍进行毒打，并将她带到正被严刑拷打的李白身边，试图通过血腥、残忍的画面让她屈服。李白用暗语鼓励妻子要有坚强的革命意志，坚持对敌斗争。敌人用尽手段，李白夫妇仍是守口如瓶、只字未吐。敌人气急败坏，却也无计可施。

后来，上海的侵华日本特务机构特地从日本调来无线电专家,对李白的"收音机"进行反复检验。原来李白利用自己高超的无线电技术,将秘密电台伪装成了收音机——发报时,把电台接上小线圈就成了收报机;而遇到紧急情况,只需要拉掉两个临时焊接的小线圈,就成了收音机。李白在日本特务破门而入前,已经将线圈取掉。所以,日军专家研究许久,最后做出技术鉴定:这台收音机没有收报功能,只能发报,无法作为电台使用。敌人无可奈何,只得将李白夫妇囚禁于监狱继续折磨,后来在党组织的营救下,黔驴技穷的敌人特务机关只能将李白夫妇释放。

李白在日伪特务的层层监视下,一直带着秘密电台工作到抗日战争胜利,后又继续潜伏在国民党政府中为党传递情报。

阅读启示

李白用一生架起上海与延安之间的"空中桥梁",传递着"永不消逝的电波",表现了一名共产党员的忠诚与奉献。我们要学习这种奉献精神。

拓展延伸

抗日战争胜利后,李白继续潜伏在国民党政府机

向死而生，浴血荣光

构。1948年12月30日凌晨，他在向党中央拍发长江防务情报时被敌人测出电台位置，不幸被捕。被捕后，他经受了高官厚禄的利诱，遭受了各种酷刑的逼供，仍坚贞不屈，未透露一字。1949年5月7日晚，国民党特务将李白等十二名中共地下党员秘密杀害。李白牺牲时年仅三十九岁，此时，距上海解放只有二十天。

田同春：晋察冀军区的关云长

《三国演义》中，关云长攻打曹军时，右臂中毒箭，于是请来华佗医治。华佗割开他的皮肉见骨，刮毒敷药，他却气定神闲、吃喝如常。抗日战争时期，晋察冀军区独立四团副团长田同春在战斗中英勇负伤，虽然伤口已经严重发炎，然而为了杀敌报国，他拒绝截肢，而是让白求恩大夫用刀割掉已经长蛆的腐肉，堪称现代版"刮骨疗伤"。

向死而生，浴血荣光

田同春于1913年出生在河北，1931年加入中国共产党。在第二次国内革命战争时期，他主要从事党的地下武装工作，按照上级要求，任饶阳县抗日义勇军副军长兼参谋长。1937年该队伍被编入中国共产党领导的河北游击队，简称"游击队第一路军"，在当地开展游击战争。

1938年1月，日军占领了河间县城，按照上级要求，许佩坚、田同春领导的游击队第一路军要夺回县城，打击敌人的嚣张气焰。师团领导从当地请了一百多位火炮师傅，几天就造了大量的火炮，还集结了大量的八路军、游击队、地方民兵团战士。

攻打县城当天，我军共集结了一万五千余人，为了配合主力部队攻城，还在城外切断了敌人的后勤补给。攻城部队将炸药绑在过年放的"钻天猴"飞炮上面，点燃后万箭齐发一起飞进城，电石火光，爆炸四起。日军没见过游击队有如此大阵势，以为是八路军大部队来了，一时晕头转向，嗷嗷乱叫，弃城而逃。第一路军缴获了大量的器械物资。

在敌后抗日根据地，由于敌我力量差距大，游击队经常面临日军的"扫荡"。1940年1月15日，驻守在河北曲阳野北的晋察冀三分区独立第四团准备换防休息。田同春作为副团长兼参谋长，派侦察排到日军可能偷袭的区域侦察，防止大股日军趁换防之机搞动作，结果侦察排参谋到酒馆里喝酒，被汉奸发现了，换防的消息也被日军掌握。

凌晨两三点钟，侦察排参谋火急火燎地赶回团部："日本鬼子打过来了！"此时，不远处日军的枪炮声已越来越近，明显是冲着团部有备而来。团部所在的屋子玻璃已经被打碎，警卫排迅速冲出去，很快便与日军交上了火。

团长许佩坚、政委金钟和田同春三人简单商议了一下，决定分散突围，各带一队从不同方向杀出去，并迅速派出通讯员通知三个营回援团部。田同春带着几十个战士向东突围，他们在村外跳下一道两丈多高的悬崖，由于沟深天黑，几名战士当场牺牲，田同春的腿也受了伤。他们继续往外突围，殊不知敌人已经将山口死死堵住。他们冲锋了几次也未突出去，此时到处都是枪炮声，敌我双方正在拼命厮杀。

田同春明白，如果夜里不能突出重围，天一亮队伍直接暴露在日军飞机视线之下，将会凶多吉少。他果断带领战士们往偏僻的山岭上爬，路上遇到十几个正在烤火的日军，他们一顿手榴弹"招呼"，加上一阵机枪扫射，将敌人全部干掉了。枪炮声又吸引来了一波日军，双方又交上火。等到队伍到达山顶，只剩下十八个人，他们顺着轱辘绳藏到了一个很深的煤井里，躲过了敌人

向死而生，浴血荣光

的搜查，第二天早上被当地村民救出。

此战中，队伍伤亡惨重，团长许佩坚、政委金钟壮烈牺牲，田同春的两个亲戚也被活活烧死。

国恨家仇让田同春心中充满了对日军的愤恨，他一直想要复仇。终于找到了机会：他得到情报，党城据点的敌人要搞庆祝活动。于是他派侦察排摸进村里找到了敌人的窝点，待酒足饭饱的敌人正在睡大觉时，田同春带领一个营摸进据点，堵住了各个出口。侦察排长在敌人指挥部屋顶打开一个缺口，往屋内狂扔手榴弹，指挥部的敌人被炸得血肉横飞。这一仗，独立四团共毙伤敌一百八十多名，也算为许佩坚、金钟和牺牲的战友们报了血海深仇！

阅读启示

田同春在晋察冀边区开展党的地下武装工作，组织游击战争，在复杂的敌后环境中与日军周旋，不屈不挠，不怕牺牲，屡次破敌，立下赫赫战功，展现了一名共产党员的坚定信仰与斗争智慧。田同春的先进事迹体现了伟大的民族精神！

拓展延伸

田同春，1931年冬加入中国共产党，曾任河北省军区副参谋长、河北省军区副司令员，1955年被授予大校军衔。

罗会廉：侦察尖刀 智勇双全

贵州普安县楼下镇群山环绕，一条楼下河贯穿全城，罗会廉就出生在楼下河畔的一个殷实家庭。

罗会廉聪颖好学，从小品学兼优。他读中学时，正值军阀混战、灾难不断的动乱年代，曾目睹一个年龄较大的同学为抵制抓丁派款被枪杀的惨景。他满腔怒火，愤愤不平，在心底埋下了对罪恶社会的仇恨。

后来，罗会廉先后就读于昆明市昆华中学、上海暨

向死而生，浴血荣光

南大学。其间，他受到中共地下党组织和进步人士的影响和启迪，读了大量进步书刊，懂得了不少革命道理。

随着抗日战争的爆发，在国家存亡关头，罗会廉毅然抛弃了安逸的工作环境，只身奔赴革命圣地延安参加八路军，入读抗日军政大学第三期和中国革命军事委员会参谋训练班，专习侦察情报业务。毕业后前往彭雪枫领导的豫皖苏抗日游击区中心——河南永城县书案店，被分配在新四军游击支队。

罗会廉因所学专业，先后任侦察参谋、侦察科长等职，他经常奋不顾身地深入敌人巢穴核心侦察情报，时而化装成商人，时而化装成农民，时而乔扮为敌军，每次都出色地完成了任务。

1941年冬，中共中央华中局筹集给中央的一笔黄金急需运送，四师首长将此重任交付罗会廉。罗会廉将黄金全数贴身捆绑，带领四名护金战士，日夜兼程，英勇机智地通过了敌人的层层封锁线，圆满地将这笔维系革命开支的巨款如期送到微山湖的八路军接转处。

随着抗日战争进入极端艰苦的阶段，日军集中力量大举进攻人民武装和敌后抗日根据地的同时，蒋介石掀起第二次反共高潮，蓄意制造了震惊中外的皖南事变，同时调集三十万大军疯狂进犯华中抗日根据地。罗会廉

罗会廉：侦察尖刀　智勇双全

所在的新四军四师也遭遇了敌人三十一集团军十四万兵力的围追堵截。为避免皖南事变的悲剧在皖北重演，此时担任新四军四师四科代理科长的罗会廉，接受了策反国民党九十二军一四二师四二五团团长陈锐霆的艰巨任务。

为了顺利完成策反任务，罗会廉打扮成商人，几经周折，巧妙地穿过敌军的道道封锁线，两次找陈锐霆商讨起义事宜，并冒险将毛泽东、朱德"为了政治上打击蒋介石反共，军事上迟阻李仙洲援韩，同意陈团在坚持团结，坚持抗战，反对中国人打中国人的口号下光荣起义"的指示送到陈锐霆手上，最终促成国民党四二五团作出了提前起义的决定。陈锐霆率部一千余人在皖北举起义旗，使这支部队成为抗敌反顽的人民军队，在危急关头赢得了战机，壮大了新四军第四师的革命力量。

在敌后艰苦的斗争环境里，罗会廉积极开展侦察工作，建立起情报网络。为培养更多的侦察人员，他经常为战士们培训侦察知识。在上级的领导和支持下，经过两年多的努力，罗会廉建立了数十个解放区与敌占区相结合的情报网点，这些秘密通道，为保持党中央和新四军的通畅联系起到十分重要的作用。

1944年12月3日，罗会廉带领六名侦察员受命到萧县执行任务，当晚住在涡阳县东北石弓山以南的高楼

向死而生，浴血荣光

庄，消息不小心泄漏，被当地保长告密。翌日拂晓，驻在临涣集的日伪军三百余人借助夜色掩护，层层包围了高楼庄罗会廉他们的住处。罗会廉带领侦察员与敌人展开激烈战斗，持续了一个多小时，由于敌我力量悬殊，始终未能打退敌人，突围也未能成功。看着身边的战友一个个倒下，敌人越来越近，罗会廉知道最后时刻来临了，他销毁携带的军事机密，做好了随时英勇就义的准备。敌人知道罗会廉掌握很多机密，试图活捉他，但罗会廉根本不给敌人机会，他一次又一次单独发起冲锋，最后壮烈牺牲在敌人的子弹下。

阅读启示

罗会廉为了保护秘密不落入敌人手里，与敌人斗争周旋，最后英勇牺牲。任何时候，保守国家秘密不落入敌人手里是每个人应尽的义务。

拓展延伸

罗会廉牺牲时年仅三十岁，为悼念这位无产阶级战士，四师和蒙北根据地人民把他的尸骨安葬在新四军第四师师部驻地。新四军《拂晓报》、新华社分别登载了张震参谋长《血债要用血来还》的悼念文章。2015年，罗会廉被列入第二批600名著名抗日英烈和英雄群体名录。

彭雪枫：共产党人的好榜样

二十年来，为了人民，为了党。

你留下的功绩辉煌：

首战长沙城，八角亭光荣负伤；

乐安事变，荣获红星章。

雪山草地，百炼成钢。

在豫东，燃起抗日烽火；

向死而生，浴血荣光

在淮北，粉碎敌寇"扫荡"。

对党忠贞，对民赴汤；

英勇善战，机智顽强，

是我们的榜样……

这是"导弹将军"张爱萍写的一首诗，他用这首挽歌哀痛自己牺牲的战友——新四军第四师师长兼淮北军区司令员彭雪枫，概括了其一生的英雄功业和高尚品质。

彭雪枫1907年9月9日出生于河南一个贫苦农民家庭，虽然家境贫困，但年少的彭雪枫跟着祖父、伯父认真读书识字，为以后的成长打下了基础。

1930年，彭雪枫奉中共中央军委之命到达鄂东南，在红五军第五纵队任三大队政治委员，他鬼才般的军事才能崭露了出来。

这年7月22日，红三军团进攻长沙，守城之敌负隅顽抗、拒不投降，战况一时间陷入胶着，部队陷入被城内守敌和江面帝国主义军舰两面夹击的危险境地。彭雪枫看着溃逃入城的敌人，眼前一亮，心生一计。他让大家换上敌人的衣服，和溃逃的敌人散兵一起，涌进了长沙城。进城后，他迅速指挥部队，歼灭把守城门的敌人，控制住了出入口，使得红军部队得以突入，迅速攻入了长沙市区。

湘江上的帝国主义军舰向红军开炮，国民党军在帝国主义军舰的掩护下向长沙疯狂反扑。红三军团决定放弃攻占长沙计划后撤，可军团政治部部分同志和省行动委员会同志还被围在城里浏阳门附近。于是，彭雪枫端着机枪，带领战士们冒着炮火，重新突进长沙城内，找到了被围困的同志。他安排部分战士将被围困的同志护送出城，自己则带着剩余的战士以进为退，打破常规的策略，让追击他们的敌人一时之间捉摸不透，瞬间陷入一片混乱。趁着敌人混乱，彭雪枫带领战士们不仅全身而退，还歼灭敌人一个团，打了一个漂亮的胜仗。

鬼才般的胆略、出色的指挥才能，只是彭雪枫能力的冰山一角，出色的政治工作能力才是他作为政治委员的本色。

1932年，彭雪枫率部参加进攻赣州的战役。敌赣闽边"剿匪"总司令何应钦不仅派出大军分两路对彭雪枫他们进行围剿，而且辅以诱降政策，企图就此彻底剿灭红军。彭雪枫所部红二师情况最为危急，被敌人隔断在各地，因势单力薄，部队在作战过程中随时可能被消灭。特别是敌人宣扬投降即升官的策略，使得不坚定的红二师师长郭炳生企图带着第五团叛变投敌。

当时彭雪枫正带着师直属队和第七团在转战途中，

向死而生，浴血荣光

听到这一消息，他立即准备前往阻止。当时形势危急，郭炳生已经决定投敌，而第五团人数众多，所有人都劝彭雪枫不要前往，即便前往，为安全考虑也应该多带些人。但是彭雪枫拒绝了，他仅带着十五名战士，马不停蹄行军五昼夜，终于赶上了第五团。

第五团的官兵被郭炳生欺骗，此时都带着警惕，彭雪枫没有怪罪大家，而是微笑着和每个人打招呼。待大家戒备心放松后，他揭露了郭炳生的叛变阴谋。在彭雪枫的劝解和带领下，第五团官兵一起南返赶回苏区，全师英勇奋战，突出重围。特殊时期，彭雪枫用自己出色的政治工作能力劝阻了被蒙蔽的第五团官兵，挽救了部队。中央革命军事委员会为表彰他这一功绩，特颁发给他一枚红星奖章。

彭雪枫参加了历次反"围剿"斗争、长征，以及抗日斗争，他用自己鬼才般的军政全才智慧，战斗在第一线，并无往不胜，后不幸牺牲在收复河南夏邑县八里庄的战斗中。

阅读启示

彭雪枫投身革命二十年，始终以身作则，成为"共产党人的好榜样"。中国有句古话："其身正，

彭雪枫：共产党人的好榜样

不令而行；其身不正，虽令不从。"我们要学习彭雪枫这种身正为范的品德操守，做一个德才兼备的人。

拓展延伸

　　彭雪枫是抗日战争中新四军牺牲的最高将领之一，被毛泽东、朱德誉为"共产党人的好榜样"，被评为"中国人民解放军军事家"，被列入"100位为新中国成立作出突出贡献的英雄模范人物"。电影《彭雪枫纵横江淮》、电视剧《彭雪枫》，都讲述了虎胆英雄彭雪枫的战斗事迹。

|向死而生，浴血荣光

叶成焕：耿耿丹心　百胜将军

1938年4月18日，朱德总司令专程从八路军总部赶到山西榆社县郝北村，向一位烈士的遗体告别。烈士的灵柩缓缓放入墓穴后，八路军第一二九师师长刘伯承、政委邓小平、副师长徐向前和第三八六旅旅长陈赓与干部战士代表依次铲起一锹锹黄土，垒起了一座新坟。这位烈士，就是叶成焕。

叶成焕1914年出生在河南，1929年参加革命，并加入中国共产党，先后任连队指导员、营政委、团政委、师长、师政委等职，率部屡挑重担，屡立战功。抗日战争爆发后，叶成焕任八路军第一二九师三八六旅七七二团团长。

1937年，刚率部东渡黄河，正向太行山地区挺进的叶成焕接到了国民党方面发来的求救，原来国民党曾万钟军部和武士敏一六九师被日军围困在旧关以南山地，娘子关告急。上级决定采取攻点打援战法袭击旧关，吸引井陉日军出援而于中途消灭之。叶成焕带七七二团隐蔽集结于距旧关东十多公里的井陉境内的支沙口，这是八路军改编后第一次与日军作战，如何接敌，如何作战，都需要思考与灵活把握。

叶成焕考虑到这是与日军的初战，决定趁天黑给敌人来个措手不及。他料想到长生口是日军的必经之地，就派副团长王近山在此处设伏。部队在地形复杂的长生口迅速隐蔽，布设伏击圈。刚布设完毕，板桥方向就开来一个连的日军。敌人不知道八路军已经秘密东渡黄河抗日，更没有料到八路军会在此设伏，他们一如往常大摇大摆地行进，一入长生口便被猛烈的手榴弹攻势炸得人仰马翻。埋伏在两头的部队发起攻击，扎紧口袋，用火力将敌人封锁在包围圈内。包围圈内的敌人突遭偷袭，一时间慌了手脚，只好边打边退。激战过后，除少

向死而生，浴血荣光

数日军逃匿外，其余五十多人均被击毙，长生口伏击战首战告捷。

四个月后，在"军神"刘伯承元帅的指挥下，叶成焕故技重施，在同一地点，又一次布下口袋阵。八辆汽车载着二百多名日军进入叶成焕的"伏魔圈"，叶成焕率部居高临下，迅速发起猛烈进攻，日军被打得措手不及、乱成一团。此战共毙敌一百三十余人，缴获大批武器弹药。

长生口伏击战，以打破军事常规的高超战术，使得日军损失惨重，是抗日战争中的经典案例之一。

此后，叶成焕又率部先后参加黄崖底、神头岭、响堂铺等著名战斗，所战皆捷，有力地打击和钳制了日军，为晋东南抗日作出重要贡献。

八路军和根据地的壮大，使得敌人如坐针毡。1938年4月，日军从东、西、南、北四面对一二九师和太行根据地发起了围攻。八路军决定避敌锋芒，跳出包围圈与敌人作战，七七二团接到命令尽快向太行山武乡一带集结。

战前，叶成焕正患着肺病，陈赓多次劝说他休息，叶成焕却坚持带病亲临前线指挥作战。在日军向北进犯扑空，疲惫向浊漳河东撤后，叶成焕率部一路追赶，随后对日军发起猛烈进攻。狼狈不堪的日军在河谷里被包

叶成焕：耿耿丹心　百胜将军

围，慌乱之中几乎被全歼。此时，日军千余人正从蟠龙方向赶来增援。叶成焕站在山坡上，正指挥部队清扫战场，装运战利品迅速撤离，突然，他被一颗子弹击中了头部，被紧急送医救治。陈赓彻夜守在床边，想尽一切办法，但叶成焕终究未能抢救过来，于4月18日凌晨壮烈牺牲。

阅读启示

抗战初始，叶成焕率部先后参加长生口、神头岭、响堂铺等著名战斗。面对日军的进犯，叶成焕用战斗打出了中国军人的威严气势。任何时候，我们都要有这种敢于战胜一切敌人的气概和能力。

拓展延伸

叶成焕牺牲时，年仅二十四岁。八路军一二九师评价叶成焕"攻如猛虎，守如泰山，百战百胜"。中华人民共和国成立后，叶成焕烈士遗骨被迁到河北邯郸晋冀鲁豫烈士陵园安葬。2009年，叶成焕被列入"100位为新中国成立作出突出贡献的英雄模范人物"。

|向死而生，浴血荣光

周保中：白山黑水　铁石将军

　　1932年冬，东北抗联指挥部，医疗战士正在给一位病人做手术。没有专业的医生、药品和器械，这位病人拒绝了战士们为其打麻药的请求，咬紧牙关硬是挺住了刮烂肉和取子弹带来的双重疼痛，术后在战士的搀扶下走出了指挥部。这位病人就是号称"铁石将军"的东北抗联名将——周保中。

　　周保中出生于云南一户白族人家，原名奚李元。

周保中：白山黑水　铁石将军

从小，看到旧社会民不聊生、哀鸿遍野的状况，周保中就暗暗立下了以救天下苍生为己任的决心。他于1927年加入中国共产党，九一八事变爆发后，正在苏联的他，听从党中央安排，秘密回国领导东北地区的抗日斗争。为了表明自己抗日救国的决心，他给自己取名"保中"——保卫中华。

九一八事变之后的东北满目疮痍，张学良的东北军"不抵抗"撤离，日军的铁蹄肆虐，还有末代皇帝溥仪上演的闹剧，多方势力都在观望站队。十几年戎马生涯让周保中积累了丰富的斗争经验，他立即起草了《东北抗日救国义勇军游击运动纲领》，号召东北所有群众和武装，团结起来统一抗击日军的侵略。

周保中带领东北抗日联军第二路军，在乌苏里江左岸、沿松花江和松花江流域二十余个县灵活机动地进行游击战，与以杨靖宇为首的南满和以赵尚志为首的北满抗日联军形成互为依托的"品"字之势，给日军以沉重的打击。恼羞成怒的日军开出巨额悬赏——抓到周保中或者提供线索抓到周保中的，奖赏十万大洋。在巨额的奖赏之下，各路土匪开始打起了算盘。

一次，周保中带着几个人，冒着狂风暴雪去往第五军的军部，路上经过一个小山头，突然冒出来几个人，自称是第五军的人，来迎接周总指挥。一个部属警惕性

向死而生，浴血荣光

不高，看对方穿着打扮是自己人，随口就接话承认了。周保中看对方神色异常，觉得不对，马上接话说周总指挥就在后面，马上就到。

周保中继续用话套对方，山匪回答漏洞百出。他向其他人打了个手势，趁着山匪没反应过来，一梭子子弹将山匪全部解决了。战士们正啧啧称奇，周保中却料定山匪不可能单独行动，日军很可能就在后面，让大家抓紧时间赶路。果然，周保中等人翻过一个山头后，就被一群日军包围了。周保中临危不乱，指挥大家借助丛林的有利地形，且战且退。迟迟未等到人的第五军听到了枪声，派人赶来救援，鏖战一番，日军看占不到任何便宜，才撤了回去。大家都"怪"周保中太冒失了，周保中却哈哈大笑，毫不在意。

日军见一直抓周保中不成，就又提高了赏额，发出告示称：谁能割下周保中的一两肉，就赏黄金一两！有人把日本人的悬赏告诉周保中，周保中不禁调侃道："那我不就是一座移动的'金库'了！"丝毫不把这些放在心上，带领抗日联军继续战斗在白山黑水之间。

1938年，日本关东军总部调集三万五千多日伪军，企图在牡丹江下游山区将抗联第二路军聚而歼之。由于敌我力量悬殊，周保中和抗联第二路军总部人员被围困在下江山林之中，部队面临饥饿、寒冷、伤病、缺乏武器弹药、战斗伤亡等种种困难，周保中和大家一起啃树皮、吃棉絮，还面含笑意鼓舞大家。

东北的抗战环境日趋恶化，1942年初，东北抗联主力部队从原来的三万多人锐减到只剩一千多人，为了保存革命的火种，周保中带领抗日联军进入苏联休整。随着形势好转，1945年周保中带着队伍重新回到了东北，战斗在东北大地上。

阅读启示

周保中是东北抗日联军的主要创始人和东北地区抗日游击战争的主要领导人之一。铁一般的意志是支撑周保中在冰天雪地的东北密林中持续战斗的力量源泉。在社会主义建设中，我们也需要这种意志，支撑我们为实现共产主义奋斗终身。

拓展延伸

中华人民共和国成立后，周保中曾任云南省人民政府副主席、西南军政委员会政法委员会主任兼民政部部长、云南大学校长、西南政法学院院长等职。1955年，他被授予一级八一勋章、一级独立自由勋章和一级解放勋章。毛泽东同志曾经称赞他说："保中同志在东北十四年抗日救国斗争中写下了可歌可泣的诗篇。"

|向死而生,浴血荣光

马本斋:民族脊梁 冀中英雄

在抗日战争时期,冀中有一支赫赫有名的抗日武装,神出鬼没,十分活跃,给日本侵略者以沉重的打击,这就是马本斋和他领导的回民支队。

马本斋,原名马守清,出生于河北一个回族贫苦农民家庭,少时读过两年私塾,后辍学谋生,曾考入东北讲武堂,进入直系军中服役,很快成长为团长,但因派系斗争和坚持抗日,被免职后回到家乡。

马本斋：民族脊梁　冀中英雄

1937年7月7日，卢沟桥事变爆发，日本侵略军全面侵华，在马本斋的家乡一带烧杀抢掠，无恶不作。看着乡亲们惨死在日寇的屠刀下，马本斋毅然站出来，组织家乡的回族同胞，成立回民义勇队，后改编为冀中军区回民教导总队，与日本侵略者进行殊死战斗。

回民支队成立初期，人员少、装备差，马本斋就率领大家手持大刀、长矛、土枪在子牙河畔阻击敌人，不断壮大队伍力量。马本斋和回民支队的壮大，引起了日军的重视，日伪军组织了多次"扫荡"，使得回民支队蒙受了巨大损失。残酷的斗争使马本斋意识到，要抗击日军，必须要有正确的纲领和坚强的后盾，他决心投奔八路军。

在党组织的指导和帮助下，回民支队军政素质有了巨大提高，也开始了卓有成效的抗日斗争。1940年秋，八路军发动闻名中外的百团大战，马本斋率部在深南、深北一带频频出击，扒毁敌人的交通要道，摧毁日伪军据点和伪政权组织。为拖住石家庄日军，掩护八路军在沧石路东段的战役行动，马本斋率回民支队深夜突然包围石家庄附近的深泽县城，并展开猛烈攻击。石家庄日军只好抽调大批兵力和五架飞机支援深泽。回民支队奋战四昼夜，给日军以重击，在胜利完成策应东线战役任务后，主动撤出阵地。为表彰回民支队在敌后作战的功

向死而生，浴血荣光

绩，冀中军区授予他们一面"攻无不克，无坚不摧，打不垮、拖不烂的铁军"锦旗。

回民支队对敌人的沉重打击，使日军十分恼火，他们抓不到马本斋，就去抓马本斋的母亲，妄图以此来迫使马本斋就范。1941年8月27日，趁回民支队正在转移之际，驻河间的日军突然包围东辛庄，把群众赶到场上，逐一审问"哪个是马本斋的母亲"。全村同胞没有一个吭气，他们宁死也不肯出卖抗日英雄的家人。敌人气极了，用皮鞭、木棍逐一拷问每一个人。愤怒的马母怎么忍心看着乡亲因为自己受苦，她不顾一切，挺身站出来，怒斥道："日本强盗，你们不是要马本斋的母亲吗？我就是！"日军把马母抓到附近据点做人质，逼迫马本斋投降。他们后来又用卑鄙的欺骗伎俩，让马母写信劝马本斋投降，遭到马母的厉声斥责。

敌人用尽各种计谋，对马母严刑拷打，马母坚贞不屈、大义凛然，始终痛骂敌人，并不吃不喝，与之作绝食斗争。马母绝食七日，最终为国捐躯。

马母以身殉国的消息传到回民支队后，战士们悲愤万分，马本斋含泪疾书："伟大母亲，虽死犹生，儿承母志，继续斗争！"他回忆起母亲给他讲"苏武牧羊""岳母刺字"等故事的情景，强忍悲痛，化悲愤为力量，决心带领回民支队更加勇敢地作战。

马本斋：民族脊梁　冀中英雄

此后，马本斋带领的部队转战在冀中、鲁西北，成为一支令日军咬牙切齿又闻风丧胆的抗日铁军。艰苦的戎马岁月，使马本斋长期营养不良，终致积劳成疾。1944年2月7日，马一斋不幸病逝于山东莘县。

阅读启示

马本斋率领的回民支队驰骋在冀中平原，英勇善战，威名远扬，毛泽东称其为"百战百胜的回民支队"。在民族危亡的时刻，马本斋毅然举起抗日大旗，舍小家为大家，体现了中华民族的血性，是我们学习的榜样。

拓展延伸

马本斋率领的回民支队，被冀中军区誉为"无攻不克，无坚不摧，打不垮、拖不烂的铁军"。马本斋去世后的追悼大会上，毛泽东亲笔题写挽联"马本斋同志不死"，朱德题写挽联"壮志难移回汉各族模范，大节不死母子两代英雄"。为了纪念马本斋，河北献县建有马本斋纪念馆和马本斋母子烈士陵园。2009年，马本斋被列入"100位为新中国成立作出突出贡献的英雄模范人物"。

|向死而生,浴血荣光

罗忠毅:至忠至毅 三战三捷

皖南事变后,新四军遭受重大损失,面对国民党和日伪军的共同"围剿",新四军的处境变得更加艰难,直至黄金山三战三捷才扭转了这一不利局面,这场战斗也被誉为新四军挺进苏南以来"空前第一次之运动战"。取得黄金山大捷的英雄部队,就是罗忠毅指挥的新四军第十六旅,罗忠毅时任新四军第六师参谋长兼第十六旅旅长。

罗忠毅：至忠至毅 三战三捷

罗忠毅原名罗宗愚，出生于湖北，曾参加西北军，1931年宁都起义后参加中国工农红军。他作战勇敢，屡立战功，历任排长、连长、营长、团长、福建军区第三军分区副司令员兼参谋长。中央红军主力长征后，他留在闽西南坚持游击战争。抗日战争全面爆发后，南方红军游击队改编为新四军，罗忠毅任新四军第二支队参谋长，率部在苏南地区积极开展敌后游击战争，开辟了以茅山为中心的苏南抗日根据地。

1941年1月皖南事变后，罗忠毅全力护送皖南军部先遣北移人员和事变中的突围人员安全转移，为保存革命力量作出重大贡献。苏南的新四军部队被改编为新四军第六师，罗忠毅任师参谋长兼第十六旅旅长，率部转战于句容、丹阳、武进、溧水地区。面对敌人的步步紧逼和新四军的不利局面，罗忠毅决心打一个胜仗来扭转局势、鼓舞士气。

5月21日，罗忠毅安排一个连前往绸缪、后周一带采购军粮，国民党四十师一一八团派部队趁机发起突袭，发生了第一次黄金山战斗。国民党军凭借装备、人数优势，向新四军阵地猛攻，罗忠毅率部顽强抵抗敌人的反复冲锋。全体将士奋勇激战九个小时，终将敌人击退。

初战告捷，罗忠毅料知敌人不会甘心失败，一定会

向死而生，浴血荣光

卷土重来，便指挥部队迅速修缮工事，做好再次激战的准备。

翌日，不甘心失败的敌人果然出动一个营和两个连，并配备两门大炮，再次向新四军猛扑过来。罗忠毅指挥若定，等待敌人进入火力圈后，埋伏的战士枪炮齐响，敌人被炸得人仰马翻、损失惨重。经过半日激战，敌人溃不成军，残部向溧阳、南渡方向逃窜。

接连失利令敌人恼羞成怒。5月24日，国民党四十师副师长亲率两个团及一个炮兵连再次来犯，敌人分两路直扑黄金山地区，第三次黄金山战斗打响。这次敌人吸取了前两次"冒进"的教训，先以机枪进行火力侦察，待发现新四军阵地后再掷弹筒轰击，然后步步为营，向前缓慢推进。

罗忠毅指挥部队采取了机动灵活的战术诱敌深入，趁着敌人大部进入新四军预伏部队的火力圈时，果断指挥部队向敌人背后攻打，击中了敌人要害。敌人突遭多方进攻，顿时溃不成军。国民党四十师副师长率先逃跑，其部下也跟着仓皇撤退。罗忠毅带领部队一路追击，直到夜晚才胜利返回驻地。

黄金山三战三捷，一举扭转了皖南事变后苏南抗日根据地的危急局面，迫使国民党顽固派停止了皖南事变后对苏南新四军大规模的进攻。

罗忠毅：至忠至毅　三战三捷

新四军的发展壮大，让日伪军惶惶不可终日。1941年11月28日，日伪军步骑炮兵三千余人，在大雾掩护下，分三路向罗忠毅部和苏南党政机关驻地溧阳县（今溧阳市）塘马村周围村庄进攻。当时需要转移的人员有一千多人，而战斗人员不足四百人。罗忠毅与政委廖海涛亲自指挥部队，奋勇阻击十倍于己的来犯之敌，打退日军十多次进攻，成功掩护地方群众和地方干部安全转移。罗忠毅却不幸被子弹击中头部，壮烈牺牲。

阅读启示

罗忠毅将军作为新四军抗日名将，作战勇敢，屡战屡胜，取得了多次重大胜利。他面对强敌的勇敢，以及视死如归的勇气，值得我们学习，也是我们在人生道路上需要的精神动力。

拓展延伸

罗忠毅牺牲时年仅三十四岁，新四军军部通电全军沉痛悼念。《血战塘马》和《罗忠毅传》讲述了罗忠毅成长和战斗的故事。2009年，罗忠毅被列入"100位为新中国成立作出突出贡献的英雄模范人物"。

|向死而生，浴血荣光

范子侠：寒门虎将　血洒太行

八路军一二九师师长刘伯承、政委邓小平在他牺牲后在《新华日报》撰写纪念文章称他是"模范的布尔什维克，最忠实于中华民族解放事业的战士"，延安《解放日报》也曾为他发表悼念社论。他就是著名抗日将领、八路军第一二九师新编十旅旅长范子侠。

1908年，范子侠出生于江苏，六岁那年母亲去世，父亲为地主当长工。由于家境贫寒，他靠着族人接济才

范子侠：寒门虎将　血洒太行

读完小学。1922年，范子侠流浪到福建，在一所半工半读学校念中学，后投笔从戎，在直鲁联军中当勤务兵，因为聪明勤快，被选送至天津东北军随营学校学习。毕业后，范子侠一路升迁，从东北军的连长提拔为团长。

九一八事变后，东北军奉行不抵抗政策，日本人不费一枪一卒占领东北全境。蒋介石仍然奉行"日寇为癣疥之疾，共产党乃心腹之患"，范子侠愤懑不已。当范子侠所在部队被征调至江西围剿红军，他痛感外敌入侵，对内战深恶痛绝，于是愤然辞职，另寻抗日救亡道路。

1933年，范子侠到河北张家口参加察绥抗日同盟军，谋得了团长一职。范子侠经常这样告诉战士们："兄弟们，我们当兵是为了打日本鬼子的，不抗日的算什么中国兵！"他带领队伍主动在康保、沽源、宝昌、多伦等地区开展对日作战。日军进犯热河时，李守信率队伍投靠日军。1935年，范子侠通过伪装秘密加入李守信的伪军部队，担任营长。百灵庙战役中，李守信率领的伪军部队驻张北、庙滩，范子侠动员手下的战士们："兄弟们，现在日本鬼子侵占中国国土，我们决不当汉奸！"战士们纷纷响应，于是整个营发动起义，并迫使金宪章旅投降。因为此次行动，国民党当局将范子侠纳入危险分子行列，并将其逮捕入狱，七七事变后才释放。

向死而生，浴血荣光

七七事变以后，范子侠开始在河北无极、藁城、新乐、行唐一带组织抗日义勇军开展抗日游击战。1939年，在与八路军总部首长及一二九师师长刘伯承、政委邓小平接触后，范子侠觉得真正找到了抗日的队伍。他接受八路军的领导，将义勇军改编为平汉抗日游击纵队，任司令员。1939年底，范子侠光荣加入中国共产党。

1940年8月，八路军同日寇展开百团大战，范子侠任一二九师新十旅旅长。为配合主力部队作战，严防敌人从侧翼突袭，新十旅夺取阳泉、寿阳等敌人据点，捷报频传，但在进攻桑掌桥时遭到敌人顽强阻击，敌我进入了白热化战斗状态，刘伯承、邓小平亲自到前线指挥作战。半夜，范子侠带领一支三十多人的小分队，举着日军的旗子，穿上日军的军装，顺利逼近敌人阵地。他命令小分队依托一棵大树，以迅雷不及掩耳之势攻下了桑掌桥。

抗日战争进入相持阶段后，日军将主要精力放到敌后战场，对根据地展开疯狂扫荡。范子侠带领队伍转战冀西山区，主要通过游击战、伏击战等方式与日军周旋，有力打击了日军的嚣张气焰。1942年春天，范子侠带领警卫排在柴关村侦察敌情，由于特务告密，四百多名日军包围了柴关村。范子侠带领战士们与敌人发生了激战，为了保护群众转移，他不断向敌人扫射，将火力

范子侠：寒门虎将　血洒太行

引向自己一边，混乱中不幸被子弹击中。他率战士们杀出重围的时候，鲜血已经染红了他的军装。"好好整顿地方武装"，这是他留下的遗言。他牺牲在太行山时，年仅三十四岁。

范子侠编写的抗日宣传手册中的誓词是他一生的写照："我们是英勇苦战的军队，我们是勇往直前的铁军，我们要为民族求解放，为祖国争生存，誓以头颅换回已失去的锦绣河山……"

阅读启示

范子侠是中国抗日先声，刘伯承、邓小平称他是"最忠实于中华民族解放事业的战士"。他出身贫寒，一生坚持在抗日最前线，英勇无畏、虎胆雄威、屡立战功，是当之无愧的抗日民族英雄。他用实际行动诠释了什么是忠诚与担当，值得我们永远铭记和学习。

拓展延伸

范子侠，九一八事变后积极参加抗日斗争，曾参加过百团大战，历任八路军一二九师新编十旅旅长、平汉纵队司令员兼太行军区第六分区司令员等职。2014年，范子侠被列入民政部公布的第一批300名著名抗日英烈和英雄群体名录。